B杜極短篇故事集（501～600）（繁體字版）

A WORD TO THE WISE (TALES 501~600 IN TRADITIONAL CHINESE CHARACTERS）

B杜

British Library Cataloguing-in-Publication Data. A CIP catalogue record for this book is available from the British Library.

ISBN 978-1-913080-93-8 (ebook)
ISBN 978-1-913080-92-1 (print)

For my Family

（501）

一向平靜的橋頭小學忽然闖進一名歹徒，此人很快控制住某間教室。

接到報案後，警察立刻疏散全校師生，同時將出事教室團團包圍住。

"局長，裡面有1名老師，32名學生，歹徒只有1位，手裡拿著一把槍。"其中一名警察打電話向局長報告。

"……"

"局長，您聽到了嗎？"

"聽到了，有人員傷亡嗎？"

"目前沒有。"

1

“你們稍安勿躁，我打給處長請示一下。”

然後的然後，處長打給廳長，廳長打給部長，此時已是12:42，離出事已過去一個多小時。

“很抱歉，部長正在用餐，他交待除非總統遇襲，否則任何人都不能打擾他吃飯。”部長祕書答。

由於總統沒遇襲，所以廳長安靜地等待著。當部長終於吃完，時間已接近13:30。

“有人員傷亡嗎？”部長問。

“沒有，因為有人硬闖進去，赤手空拳把歹徒給制服了。”廳長答。

幾個小時後的案件說明會上，從局長到部長都出席了。

“聽說最後闖入教室解救人質的是學生家長，請問是否屬實？”有記者問。

局長看處長，處長看廳長，廳長看部長，最後部長清清喉嚨，答：“不屬實，闖入的其實是我們事先安排好的祕密警察。正是全體警務人員的周全計劃和果斷行動，此次艱鉅的任務才得以圓滿達成，再一次證明'警民一家親，患難見真情'。"

此時王小川和家人正看著電視的實況轉播，他轉頭問父親："你是祕密警察？"

王爸撓撓頭，答："我也是剛知道。"

（502）

那一年，我到澳大利亞的弗雷澤島度假，白天不是駕著越野車到處兜風，就是頂著烈日沖浪，把自己曬成一根大黑炭；到了夜裡，我就上酒吧買醉，運氣好的話，能帶一個漂亮妹子回酒店，我就是在這種情況下認識 Yani。

"你好像受到很大的驚嚇。" 她說。

"沒有的事。" 我答。

事實上，我的確受到驚嚇，明明記得昨晚帶回來的是一個金髮碧眼的白種人，怎麼換成了巧克力女郎？

“我肚子餓了，所以叫了早餐，你不介意吧？”她邊說邊把香腸切成塊放入嘴裡。

“不介意。”

“為了回報你的慷慨，中午我請你到黃金海岸吃海鮮。”

“黃金海岸？妳指布里斯班以南的黃金海岸？”

“是的。”

“可是我們現在在弗雷澤島。”

“我知道。”

弗雷澤島離黃金海岸約600公里，這裡連個機場也沒有，我懷疑她要如何“插翅”飛過去。

“妳該不會有私人飛機吧？”我問。

“開什麼玩笑？”她睨了我一眼，“私人飛機也要有機場才可以降落，這個島根本沒那個條件，所以我僱了直升機。”

至此，我完全可以確定這個女人就愛吹牛皮，得，老子陪妳！

“看樣子妳有個有錢老爸。”我說。

"才不呢！錢是我賺的，跟我的原生家庭一點兒關係也沒有。"

"呵呵！是嗎？不妨說說妳是怎麼發家的，我好借鑑一下。"

Yani答這個學不來，得"天時、地利、人和"都湊齊了才行。

"說白了，妳就是小氣，不願分我一杯羹。"

"絕對不是！"

"就是！"

也不知是否激將成功，反正Yani最終把她的發家史娓娓道來。

老實說，她的故事編得還不壞，我原以為會更枯燥一些。

"妳吃飽了嗎？若吃飽了，我想先洗個澡，妳不妨回妳的酒店。"我下逐客令。

"我的酒店在黃金海岸，告訴過你的。"她又睨了我一眼，"直升機兩個小時後才會到，你可以先洗澡去，我就在陽臺上曬曬太陽，你不用管我。"

本來想找個臺階讓她下，沒想到她卻上崗上線，得，待會兒看她怎麼收場。

結果兩小時後，我被啪啪打臉，真的來了一架直升機，而且真的載我們到6oo公里外的黃金海岸吃海鮮，只是買單時出了點兒小問題（餐廳拒收支票），所以我用信用卡支付了8oo元的餐費，代價是得到一張面額為1ooo元的支票。

臨別時，我問Yani：" 妳把別人的獎金據為己有，有沒有想過那個人的感受？"

" 放心，彩票公司僱用我，一旦出事，中獎人肯定回頭找彩票公司，所以很大的概率還是能拿到錢，只是時間早晚的問題。" 她答。

我還想問什麼，但載我回弗雷澤島的直升機由遠及近，得得得的聲音震耳欲聾，我不得不把到嘴邊的話吞下肚，轉身上機。

" 你要怎麼付費？"當直升機升到一定高度時，駕駛員問我。

" 什麼怎麼付費？"

" Lisa的支票跳票了，她說你會付。"駕駛員看向我，" 你是她老公，對吧？"

我趕緊探出窗外，Yani（或者Lisa)的身影像姆指姑娘一般大小，依稀可見正對著我猛揮手，熱情得像夏天的太陽……

（５０３）

大魔王阿芙卡聽到自己即將被處以絞刑，他央求庭上讓彼得遜醫生為他執行，因為久聞這位半路出家的絞刑師能讓死刑犯以最快的速度（九秒鐘）得到解脫。

庭上拒絕了，反倒是彼得遜醫生主動接下任務，因為老鄉幫老鄉，天經地義。

到了行刑這一天，彼得遜醫生支開助理和圍觀的人群，親自替阿芙卡綁好手腳，再用繩索勒住脖子，然後走到拉桿前。

"親愛的女兒，為父終於幫妳報仇了。"彼得遜醫生喃喃道。

"你說什麼？"阿芙卡問。

"1964年2月14日下午，你在紐頓公園殘忍殺害一名花季少女，我正是那名少女的父親。"

沒等阿芙卡喊出"不"字，彼得遜醫生已經拉下拉桿⋯⋯

通常絞刑師會替死刑犯戴上頭套，除了降低對方的恐懼感外，也能避免自己目睹可怖的死狀，可是這次彼得遜醫生卻不按規則來，所以肉眼可見阿芙卡的身體不斷抽搐，脖子越拉越長，舌頭也向外吐出一大截，眼神充滿絕望，整個痛苦的過程長達二十多分鐘。

當阿芙卡終於氣絕時，彼得遜醫生打開留聲機，然後隨著音樂翩翩起舞，假裝舞伴正是死去多年的愛女⋯⋯

（504）

衛向錢從小就知道自己是撿來的，據說親生父母非常有錢（這還得感謝養父母不厭其煩地一再敍述）。

“當時我是火車站的檢票員，你就躺在候車區域的長條椅上。”他的養父對他說。

“我還埋怨他把孩子抱回家，這下子又多出一張嘴吃飯，可是你父親說即使砸鍋賣鐵也要照顧好你，哪天你父母若回來尋人，也好讓你們一家團圓。”他的養母說。

在衛向錢的記憶裡，他的養父母對尋親這件事非常上心，不僅到處張貼啟事，還主動聯繫媒體，而當DNA基因庫開始出現時，他們第一時間就讓他留下血液樣本，可惜25年過去了，依舊杳無音訊。

這一天夜裡，衛母躺在床上翻來覆去，怎麼也睡不著。

"有心事？"她的老公問。

"嗯！你說向錢的親生父母會不會已經不在人間？"

"最好不是，否則我們就虧大了。"

在鄰居眼裡，衛家夫婦對待這個撿來的孩子極好，而且一路栽培到大學，自己的孩子反倒早早輟學打工（好幫半路殺出來的"弟弟"付學費），這筆賬算下來可不是一筆小數目……

時間回到26年前，裁縫師阿鸞未婚先孕。為了掩人耳目，她隻身來到鄉下待產，一有空便縫製新生兒的包被和貼身衣物（包括小帽、連身衣、小鞋等），上面的圖案都是一針一線手工刺繡出來，用的還是最昂貴的金絲線。

"沒辦法養育，起碼得讓孩子體體面面地出現，也算是我這個無能的母親送給他的最後且唯一的禮物。"阿鸞心想。

（505）

孫太守的母親已守寡三十多年，在地方上的風評一向很好。最近，這位郡太君的肚子明顯大了起來，還經常噁心、嘔吐、吃不下飯（卻能一口氣連吃好幾顆酸梅）。

孫太守憂心忡忡，立刻請來大夫。大夫把脈過後，果斷地答：「大人，這是喜脈。」

「混賬東西！你竟敢汙衊家慈。」孫太守怒不可遏，「來人啊！拖出去打20大板！」

有了前車之鑑，第二位大夫謹慎多了，他反覆把脈，最終得出結論——這是氣滯血瘀，只要稍微調理一下，就能行氣通絡、血氣暢通。

於是孫太守把治療一事交給第二位大夫，不出兩天，郡太君便排出一堆穢物，人也漸漸恢復了元氣。

誰能想到當來年春暖花開時，郡太君的肚子又大了起來。

"這次是誰的？"孫太守既惱怒又無奈地問自己的母親。

（506）

吃過午飯，小吉的繼父照例睡午覺，誰都不許吵醒他，這當然包括小吉。

小吉躡手躡腳地走到後院，當看到臺階上有一隻小貓時，他向它招了招手，小傢伙便走了過來，一點兒也不怕生。

"你叫什麼名字？"小吉問貓。

"喵喵！"

"原來你叫喵喵，我叫小吉。"

說完，小吉伸手去摸貓，哪知外表看起來柔順的貓根本不讓碰，還抓傷了小吉的手背。

小吉氣極了，他撿起繼父扔在草地上的掃把，緊接著一陣猛打，直到洩憤完畢為止。

後來有人在小吉家的門口發現一隻傷痕累累的貓……

「這是你家的貓嗎？」警察拿著貓照片問屋主。

「不是，見都沒見過。」男人答。

此時，警察注意到屋內還有一名男孩，不僅骨瘦如柴，四肢還有被毆打的痕跡。

「你叫什麼名字？」警察問男孩。

「小吉。」

「你見過這隻貓嗎？」警察舉起手中的照片問。

「見過。」

「你知道它為什麼受傷嗎？」

「也許……是它的繼父打的。」

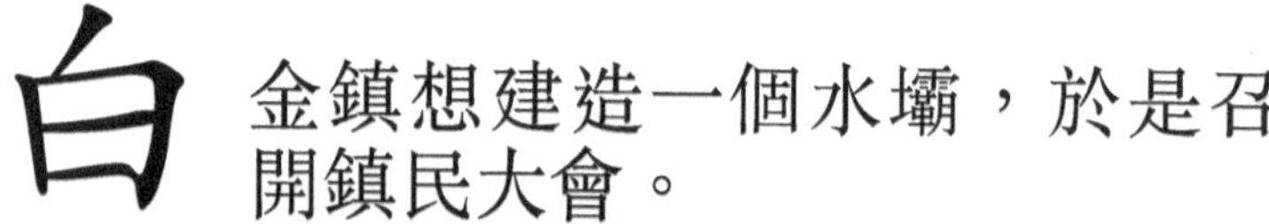

白金鎮想建造一個水壩，於是召開鎮民大會。

"請在紙上勾選，然後放進投票箱內。"鎮長說。

結果有1/4的鎮民同意，3/4的鎮民不同意。

鎮長氣壞了，那麼好的民生工程卻被否決掉，全是一群蠢蛋！

黑土鎮也想建造一個水壩，於是也召開鎮民大會。

"同意的舉紅牌，不同意的舉黑牌，我數到三，你們一起舉牌。"鎮長說。

結果有 1/3 的鎮民同意，2/3 的鎮民不同意。

鎮長氣壞了，那麼好的民生工程卻被否決掉，全是一群蠢蛋！

濁水鎮同樣想建造一個水壩，於是同樣也召開鎮民大會。

"同意的鼓掌，我數到三，你們一起鼓掌。"鎮長說。

結果掌聲越來越大，幾乎要掀了屋頂。

鎮長很滿意，那麼好的民生工程就該被通過，甭管用什麼法子。

（508）

最近的視頻點擊量直線下滑，曾斜土想著得找個博眼球的主題才行，正絞盡腦汁時，村狗小黑對著他狂吠。

"閉嘴！"他踢了小黑一腳，"再叫我就把你的嘴封上。"

話一說完，曾斜土靈光乍現，何不真的將狗嘴巴封上，再伴裝好人去解救它？這個一定有看點！

想到做到，正當他拿膠帶纏住小黑的嘴巴時，躲在角落的何金山把這一幕拍下來，最近他的視頻點擊量直線下滑，得找個博眼球的主題才行………

（509）

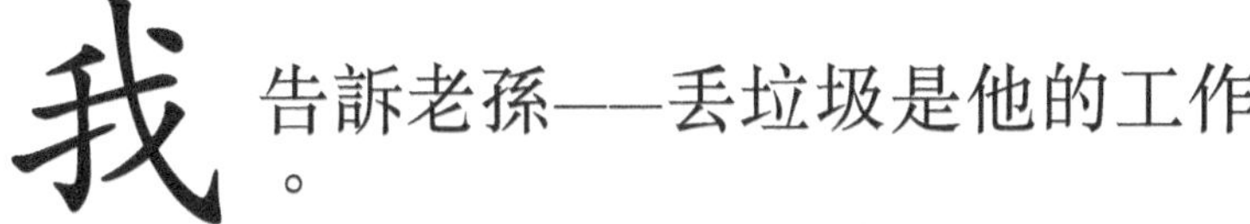

我告訴老孫——丟垃圾是他的工作。

老孫嘴裡答好，身體卻不實誠，即使家裡的垃圾堆積如山，他就有辦法做到視若無睹、穩如泰山。

"你有沒有聞到什麼酸臭味？"我問。

他真的大吸一口氣，然後回答："沒有。"

"看來你的嗅覺也出現問題，去！"我指著角落的垃圾，"現在就去扔。"

結果一個人出門，兩個人回。

"妳怎能指使我兒子倒垃圾？"老孫的母親質問。

“這是我和他之間的事，妳別摻和進來。”我答。

“什麼叫‘我別摻和進來’？家用還是我給的。”

“現在僱個鐘點工都不止這個數。”

“原來妳嫌錢少，早說嘛！沒人留妳。”

我看向老孫，指望他為我說兩句，結果他把頭轉向另一邊，彷彿事不關已。

罷了！每天面對一個輕度偏癱的人，看著就心煩，我還是回家政公司待著，希望下一次能有個“事少、錢多、僱主又不囉嗦”的活兒幹。

（510）

躺平國的國民有近1/3選擇拿國家福利金躺平，另外的2/3則是真正喜歡工作的人，因為工作和不工作的所得差距非常小。

自從聽說地球上有這麼一個神奇的國家，小灰決定成為其中一員，可是想拿躺平國的護照可不容易。思來想去，小灰決定走捷徑，那就是和一個躺平國的國民結婚。

很快，小灰便在國際交友網站上認識了一個躺平國女子Elin，兩人在網上甜言蜜語一番後，腦子一熱，把婚給結了（網上登記結婚就是這麼便利）。

婚後，小灰拿著配偶簽證飛抵躺平國，開始享受躺平的快樂。

" 老公，有一隻鴿子飛過。" Elin看著窗外說。

" 噢！" 小灰躺在沙發上打遊戲，頭抬也不抬地答。

" 你說它有沒有注意到我？"

小灰想了想，回答：" 應該沒有，因為妳在室內。"

" 如果它沒注意到我，我就是不存在的，意思是只有注意到我，我才存在，那麼我到底是誰？怎麼感覺自己像個幽靈似的？"

小灰把視線從遊戲屏幕上移開，第一次仔細打量自己"法律上"的妻子。說她正常嘛！總會說一些奇奇怪怪的話；說她不正常嘛！也沒有做出什麼出格的事（好比殺人放火等）。

躺平的生活過了大半年之後，某天，小灰看著窗外發呆，一隻鴿子從窗前飛過。

" Elin，有一隻鴿子飛過。" 他停頓了一下，" 妳說它有沒有注意到我？"

（511）

賴老先生進入肺癌晚期，他告訴醫生想回家等死，醫生允許了，還主動聯繫他的家人。

回到家的賴老先生不到一個月就撒手人寰，等人進了殯儀館之後，有親戚在床底下發現幾個菸屁股，頓時炸開了，首當其衝的便是負責照料他的兒媳婦——賈桂雲。

"說！是不是妳給遞的菸？"二叔問。

"我……我……"賈桂雲嚇得面色慘白，"是……是的。"

親戚們你一言我一語地指責她，彷彿與她有不共戴天之仇。

「是公公要求的，」賈桂雲淚如雨下地澄清，「我心想他的來日無多，何不遂了他的意？」

「妳這是加速爸的死亡，怎麼會有像妳這麼笨的人？」她的老公暴跳如雷地說。

「對不起！」賈桂雲答，隨即又流下懺悔的淚水。

事已至此，再多的責難也沒用（何況這個兒媳婦的出發點是好的）。幾日過後，果然無人再提起此事。

時間回到接到醫生來電的時刻，賈桂雲表示等老公下班後就一起過去接人，順便又問了一下公公的病情。

「妳公公目前的身體素質還行，心態也平和，如果按時服藥或者利用中藥調理身體，應該能存活兩年左右的時間。」醫生答。

為了照顧孩子，賈桂雲已經離開職場數年，好不容易熬到孩子可以入小學，此時照顧病人的工作又落在她頭上，她的無奈與辛酸可想而知。

這一天，家裡只剩她和公公，公公問："可不可以讓我抽根菸？好久沒抽，挺想的。"

她下意識答不，可是隔天卻買來兩條大中華藏在公公的枕頭下，一條1000元，兩條便是2000元，兒媳婦能做到這個份上，算可以的了。

（512）

"林美美，這是第幾次了？"曹警官問。

"記不得了。"她小聲地答。

"四次，這是第四次。"

林美美"噢"了一聲，不再言語。

事實上曹警官說錯了，林美美偷竊不止四次，只是剛好在這個轄區內被逮過四次（如果把這次也算進去的話）。

"前幾次妳未滿16歲，不用承擔刑事責任，現在不同了，妳剛滿16歲，所以……"

曹警官的話還沒說完便被截了去，林美美斬釘截鐵地表示這次偷竊的時間在昨晚午夜之前，也就是她 15 歲的最後一天……

"妳倒記得很清楚嘛！把這個頭腦用來學習多好，幹嘛用來偷竊？"曹警官問。

林美美心想這豈不是廢話？如果她買得起那些美麗的服飾，何需偷？

被曹警官口頭教育一番後，林美美走出警局。東拐西繞後，她來到某商場的中庭，這裡有很多開放式的賣場，人流很多，彼此挨肩擦膀。

"林美美，妳已經 16 歲，意思是從今天起偷竊被抓會判刑，不得不慎，懂嗎？"曹警官的話在耳邊響起。

林美美搖搖頭，想把一切都甩開，當再定眼時，一件珍珠白的襯衫落入眼底。

隔天，林美美穿上白襯衫上街，她感覺每個人看她的眼神都變得柔和起來，這才是生活應該有的樣子……

（513）

有隻海龜被沖上岸，人們看到它的龜殼上長滿了藤壺，很是心疼。

正在海邊野炊的陸閩聽到消息後，立刻拿起小刀飛奔過去。

由於藤壺的外殼相當堅硬，很費一番功夫才清理乾淨，當大功告成時，圍觀的人群紛紛鼓起掌來。

"這種藤壺汆燙一下就很美味，至於海龜……"陸閩思考了一下，"就拿來煲湯吧！加入海蔘、大棗、姜、大蔥、枸橘、山藥、肥豬肉等一起熬煮，保證喝一次就上癮！"

（514）

很久很久以前，在海的深處有一個無憂國，那裡的魚只擁有7秒的記憶，往往還沒來得及對事件做出反應，7秒已經到了，難怪不會對未來感到煩憂。

有一天，一隻擁有全記憶的魚誕生了，我們姑且就叫它"旦旦"吧！

一聽說此事，全無憂國的魚兒既驚奇又嫉妒，這是什麼神仙腦袋？可是還沒等它們從該事件中走出來，七秒已經到了，所有的魚兒立刻忘了此事，照舊該吃吃該喝喝，閒適得不得了，只有旦旦不一樣，它成了一條憂鬱的魚（還是無憂國裡唯一的一條）。

（515）

位於亞洲的火龍國由於決策失誤，導致民不聊生，群眾無不怨聲載道，甚至零星發生過幾次暴動，總統不得不召開緊急會議，商討應對措施。

"最好的辦法便是甩鍋，找幾個小官頂罪。"某個高官提議。

"不好，"另一名官員立刻反對，"這招半年前就已經使過，如果頻繁拿來當藉口，只能說明政府用人不察。"

後來又有幾個建議陸續出籠，但一一被否決，正當無計可施之時，公關部部長開口了，他說："何不轉移群眾的注意

30

力？讓聚焦點從對內轉為對外，很快就能化解危機。"

沒多久，不當的童書插畫被點名，那些金髮碧眼的人物插圖極易誤導兒童的審美觀，這是跪舔洋人，其心可誅！

（516）

推理小說作家李捷在一場文藝活動中巧遇女詩人張薇雅，他還記得對方的兒子十幾年前因"不明原因"身亡（女詩人不願死去的兒子再挨刀，拒絕做屍檢）。

寒暄過後，李捷故意把話題往他懷疑的方向帶，說："我老婆的廚藝不佳，連豆漿都不會煮。"

於是張薇雅把製作方法傾囊相授，同時強調自己只做過一回，也許記憶有誤，還是查查食譜為妥。

"親手製作的豆漿好喝嗎？"李捷接著問。

“我沒喝，因為趕著讓上學的兒子喝，手忙腳亂之下打翻了鍋子，還好鍋內還剩一些，全給他喝了。”

“意思是豆漿沒煮開？”

“也許吧！反正我兒子不喜歡喝滾燙的東西。”她停頓了一下，“沒煮開的豆漿怎麼了？”

“沒什麼。”李捷快速調整一下心情，“妳渴不渴？我去拿杯飲料，想喝什麼？”

（註：沒煮開的豆漿含毒素，輕則噁心嘔吐，重則休克。）

（517）

新型鼠疫席捲 T 國，而且來勢洶洶，從最初的"鼠傳人"發展成為"人傳人"。為了防止疫情進一步擴散，T 國政府出臺政策：凡家裡出現老鼠者，統一到隔離站隔離。

這一天，六歲的小明表示床底下有一隻老鼠。

"別胡說！我們家很乾淨，一天噴一次消毒液，哪來的老鼠？"他的母親答。

等小明入睡後，明爸和明媽開始行動，好不容易才把這個小傢伙給堵在浴缸裡。

"妳看好它，我馬上打電話給防疫部門。"明爸說。

“你傻啊！這麼一上報，我們豈不被隔離起來？”明媽答。

“不上報的話，萬一我們染病……”

“聽著，首先這得是一隻病鼠才有可能讓我們染病，機率在50%（要嘛是病鼠，要嘛不是），可是一旦被隔離起來，這個機率就提高了，因為只要隔離站有一人染上鼠疫，我們全家也在劫難逃。”

“妳說的對，可是人不能總想著自己，還得為防疫盡一份心力。”

後來他們把老鼠打死，然後挖一個坑埋起來，那個坑足足有一米深，也算是為防疫做出貢獻！

（518）

  Lucas看準時機把賬戶裡的錢全壓在虛擬貨幣上，沒想到一夜之間全崩盤，他愁得茶不思飯不想，最後決定一死百了。

"親愛的，我走了，永遠愛妳的 Lucas。"

寫完小紙條，Lucas把它壓在插滿紅玫瑰的寬口瓶下，接著轉身離去。

Lucas的計劃是參加郵輪七日遊，然後在假期的最後一天跳入浩瀚大海之中，也算是為人生的最後幾日抹上一層美麗的色彩。

上了郵輪後，Lucas每天活得像個廢人，不是發呆、曬日光浴、游泳、看秀，就是吃美食、飲美酒、做桑拿、撩一撩船上美女……等。

轉眼假期來到最後一天，Lucas已做好準備，就等太陽從雲後露臉即付諸行動，哪知此時擴音器傳來消息："女士們、先生們，下午好。由於疫情嚴峻，碼頭暫時不允許任何船隻停靠，所以請各位繼續享受快樂時光，一旦有最新消息，我們會第一時間通知各位。"

這打亂了原有的計劃，Lucas為此頗為不爽，但再一想，多活幾小時也不賴，他剛好可以把《B杜極短篇故事集》全冊看完。

事實上，他不僅看完《B杜極短篇故事集》全冊，還把《聖經》和《莎士比亞全集》也看完了，因為疫情一直沒好轉，郵輪只能繼續在海上漂流，時間一下子多出來的緣故。

一個多月後的某日，當Lucas做例行的晨泳時，擴音器忽然傳來消息："女士們、先生們，早上好。由於疫情趨緩，碼頭已允許船隻停靠，請各位準備好行李，依序下船。"

這突如其來的"喜訊"在Lucas聽來卻是敲響喪鐘，他快速離開泳池，奔向船尾。

"不，"工作人員攔住他，"已經關閉了，請回房間打包行李。"

無奈之下，Lucas只能跟著人群同進退。

雖然計劃趕不上變化，但Lucas想死的心沒變，他在碼頭附近徘徊，可惜等了許久依舊是平潮狀態，只好先溜進酒吧喝幾杯，等退潮時再做打算。

當他喝完第二杯時，酒保適時轉換電視頻道，屏幕上的新聞主播正報導今日虛擬貨幣的表現，Lucas越聽越血脈賁張，緊接著笑得像個瘋子似的……

有個小鎮嗜吃狗肉，而且越演越烈，近日竟舉辦狗肉節，邀請全國人民一起大啖美食，這無疑引起愛狗人士的強烈不滿，不僅口誅筆伐，還組織團隊到現場抗議。

為了平息眾怒，鎮長指派尤老闆為"清零行動"（無人吃狗肉）的總召集人。很快，尤老闆的老底被扒光，原來他在當地素有"殺狗大王"的稱號，鎮上大半的狗肉店都是他開的，這豈不是既當運動員又當裁判，哪能禁得了？

然而就是這麼神奇，不到一個禮拜的時間，小鎮再也無狗肉販賣，取代的是一種新型美味——龍肉，種類有大龍肉、小龍肉、白龍肉、黑龍肉、黃龍肉、花龍肉……等，烹調的方式可紅燒、可清燉、可燒烤，價位也豐儉由人，所以很受當地人歡迎。

小龍肉、白龍肉、黑龍肉、黃龍肉、花龍肉……等，烹調的方式可紅燒、可清燉、可燒烤，價位也豐儉由人，所以很受當地人歡迎。

（520）

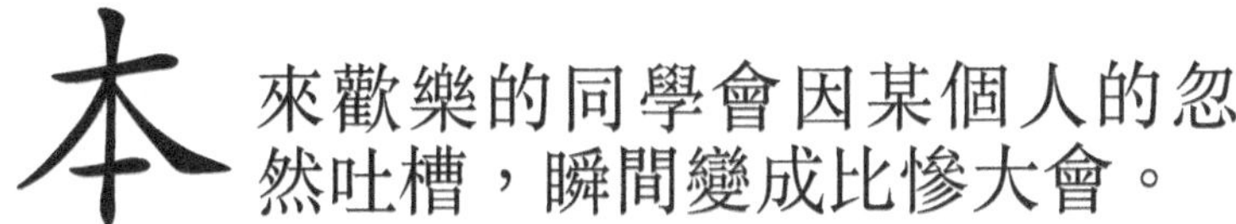

本來歡樂的同學會因某個人的忽然吐槽，瞬間變成比慘大會。

"醫生的養成不易，本科得讀5年，畢業後還需要進行3年的住院醫師規範化培訓。這還不打緊，工作時間過長且三班倒，整天盡與病菌為伍。"

"你就別埋怨了，好歹你在室內，哪像我，風裡來雨裡去，動不動還得抱重物爬樓梯。饒是如此，只要客戶一個差評，我一天都白忙活了。"

"你倆都別訴苦了，看看我，妥妥的無收入家庭主婦，以致老公動不動就給我臉色看，也不想想我若當住家保姆去，每個月起碼能有萬把塊錢。"

……

正當大家你一言我一語，恨不得把滿腹牢騷全往外傾倒时，有人發現昔日學霸悶不吭聲。

"嘿！柳大神，你怎麼不說兩句？是不是生活太滋潤，以致無槽可吐？"

柳平安綽號柳大神，他可是當年高考的理科狀元，有關他的"豐功偉績"，至今仍被學弟學妹們所歌頌著。

"咳、咳、"柳平安咳嗽兩聲，"我不是無槽可吐，而是你們都沒有我慘，因為我35歲就退休了。"

此言一出，噓聲不斷。

"稍安勿躁，我是說真的。"柳平安一臉嚴肅，"大學畢業後，我進入IT行業，工作兩年就年薪百萬，於是我貸款買了豪車和豪宅，心想反正負擔得起。沒料到這行內捲得厲害，即使戰戰兢兢、如履薄冰，我還是被更有活力的年輕人所取代，再覓職時才發現35歲是道坎，這行根本不要35歲以上的'老人'，那我的房子和車子怎麼辦？只能賤賣，重新回到起點。壞就壞在我現在高不成低不就，除了偶爾幫人寫寫程序賺點兒零花錢外，基本已成退休狀態。"

柳大神一答完，全場肅靜。

"那……那個啥的，酒好像沒了，我讓服務員再上幾瓶。"同學會的發起人說。

立馬有人附和："果汁也要，有人不喝酒。"

氣氛又重回吐槽前，彷彿什麼糟心事都沒發生過。

（521）

喬老闆一打開舖子就大吃一驚，裡面像被颱風掃過，一片狼藉。

"媽的，遭小偷了！"他心想，然後大略清算了一下，損失約在五萬元左右。

當喬老闆拿起電話打算報警時，隨後進舖子的員工拾起地上物，說："老闆，你看！"

這是一張兩吋的證件照，上面的孩童約四、五歲的樣子，留著齊瀏海，很是可愛。

這個突發狀況讓喬老闆很為難，如果將小偷送入大牢，他的女兒該怎麼辦？

一心軟，喬老闆決定不予追究。

時間往前推十個小時，戴上口罩和手套的小伍在菸酒舖裡大肆搜刮，離開前，他不忘把口袋裡的照片扔在地上，然後揚長而去。

現在小伍的口袋裡還有四張照片，代表這個夜裡尚有四家店舖等著他光顧……

（522）

趙小紜對表哥的痴迷已經到了變態的程度，她不許任何女生靠近他，連隔空喊話也不行，倘若不從，她便拳腳相向。

"小紜，妳已經14歲，不是4歲，所以別再做這麼幼稚的舉動。"她的母親對她說。

可是趙小紜依舊如故，至於她表哥......倒沒有表現出不悅，反而有些得意的樣子。

時間回到一年前的某個夜裡，一個男孩爬上趙小紜的床，說要玩個遊戲。

"什麼遊戲？"她問。

"好玩的遊戲，妳玩了就知道。"他答。

事後趙小紜覺得讓別人在自己的身上灑尿一點兒都不好玩，所以當表哥又來找她玩遊戲時，她一口回絕，表哥也就沒有勉強她。

某天，學校安排生理衛生課，老師的一席話讓趙小紜忽然開竅，也是打從那時候起她開始迷戀上表哥，因為惟有愛上的疼痛最小，反之則會掉入痛苦的深淵……

（523）

有一天，呱呱忽然不再開心，他想著自己是不是病了？於是去看醫生。

"你今天吃飯了沒？"替他看診的金醫生問。

"吃了。"

"水喝了嗎？"

"喝了。"

金醫生看看他的喉嚨，又聽聽他的心跳，最後下了結論："你這是季節性抑鬱，等天氣暖和了就會好。"

然而當來年春暖花開時，呱呱的病情依舊不見好轉，於是金醫生把他送去做CT，這一照，發現他是一隻青蛙。

「你是青蛙呀！」金醫生很是驚訝，「為什麼要假扮人類？」

「我以為當人類起碼能主宰很多動物。」

「人類是能主宰很多動物，但惟獨主宰不了自己，每天都得按著規矩來，還被很多條條框框所束縛，不像其他動物能放開天性。」

呱呱想想也對，自從當上人類後，他才開始不開心，於是撕掉偽裝，重新做回青蛙。

某天，當金醫生看診完畢，他來到窗口小歇一下，忽聞窗外有蛙鳴聲，此起彼落。

「呱……呱呱……呱呱呱……」金醫生也跟著喊。

（524）

今天，簡祕書接到一通電話，大意是想邀請汪導演執導一部科幻片。

"汪導很忙，不一定有空。"簡祕書答。

"很忙？我聽說他已經很久無戲可導。"對方說。

"無戲可導？"簡祕書大笑兩聲，"告訴你，汪導近兩年一直在國外拍MV，忙得不可開交，難怪不實的流言會不脛而走。"

"既然汪導很忙，那……"

"他今天下午歸國，你約個時間再打來吧！"

“這麼湊巧？”

“你運氣好唄！”

隔天，對方果然打來電話，還是簡祕書接聽。

“抱歉，汪導一下飛機就被協林影視的人給接去喝了一宿，現在正睡大覺呢！”他說。

“既然這樣，那……”

“你說個時間和地點吧！汪導睡醒後，我讓他過去詳談，畢竟這麼大一筆預算，不當面說清楚顯得不夠慎重。”

“其……其實預算不大，只有幾千萬而已。”

“那可糟了，協林影視的新片預算有五個億，他們答應給汪導一千萬元的執導費兼分紅。”

“那……我看算了，這是小成本製作，給不了那麼多。”

“話不能這麼說，汪導也不是什麼戲都接，主要看腳本，只要腳本好，一切可商量。”

後來大朋影視的代表總算見到汪導，一番討價還價下，汪導得到五百萬元的執導費和國際分紅。

"如果不是簡祕書大力推薦，我是不可能接小成本製作的電影。"汪導演說。

"是是是……"對方點頭如搗蒜，"講起簡祕書，我怎麼覺得他的聲音跟您很像。"

"這……"汪導演笑得很尷尬，"這怎麼可能？"

（525）

因疫情肆虐，整個奇魔市全被封控起來，這一封就是大半年，居民也從最初的反抗變成接受，再從接受變成習以為常。

當全市解封的一刻到來，市領導走向鄰近小區共襄盛舉，以為人群會蜂擁而出，結果一個個全堵在小區的鐵門內。

"出來呀！"站在市領導身旁的祕書喊著。

眾人交頭接耳，但就是不出去，這讓市領導很下不了臺，因為電視臺正在做實況轉播。

“ 去！把每棟樓的出入口都給封上，這樣居民就只能往外走。”市領導壓低聲音對祕書說。

此項命令很快被執行。

居民一見自己的家竟然回不去了，大驚失色，紛紛找來各種工具破門。

“ 你們這是幹嘛？”記者上前採訪，“ 能到小區外走走不好嗎？”

帶頭破門的大爺答：“ 你看不出這是圈套嗎？就算死也要死在自己家裡。”

（526）

從事自媒體行業的黃維嘉在美國大峽谷巧遇一群遊客，交談之下，發現他們全是某名牌律師事務所的律師。

"你們小時候的志願是不是當一名律師？"黃維嘉問。

律師們你看我，我看你，最後發出會心的一笑，原來他們當年的志願五花八門，包括匹薩店老闆、消防員、寵物訓練師、酒店門僮………等，就是沒有律師這個選項。

"你們的老師沒有說什麼嗎？"黃維嘉又問。

"我的老師說這是個很棒的選擇。"黃頭髮的人答。

"她說我一定能幫助很多人。"藍眼珠的人答。

"他說將來我的匹薩店開張了，別忘了通知他。"身高近兩米的人答。

......

和律師們道別後，黃維嘉的思緒一下子跳回到小學三年級，當時他寫下自己的志願是當一名麥芽糖師傅，結果老師把作文本甩在他臉上，很生氣地說："想做麥芽糖，現在就去給師傅當童工，讀什麼書？簡直氣死我了！小朋友，你們要不要學黃維嘉當一個無用的人？"

"不要！"學生們異口同聲地答。

後來黃維嘉的志願就變成了醫生、律師、記者......等，還不能是國家總理，因為老師說國家總理只有一位，而他（黃維嘉）......不配！

因為防疫不力，神成市被全國人民罵到臭頭，於是亡羊補牢，下令封城兩個月。

此令一出，原本最配合的神成市居民也站在對立面，現在市政府腹背受敵，除了因封城而順利逮捕27名逃犯外，輿論沒一個好的。

（528）

在酒吧裡，劉浩一直注意那個穿黃衣服的女人，貌似她等的人沒來，所以自棄地一杯接著一杯喝。

"美女，"一個猥瑣男走上前去，"妳喝醉了，我送妳回家吧！"

"滾！誰要你送？！"女人醉眼迷離地答，更添幾分嫵媚。

結果猥瑣男非但沒離開，反而強行要架她走。劉浩見狀，一個箭步上前阻止："喂！別碰我女友。"

"她是你女友？"猥瑣男驚呼，"怎麼兩人離那麼遠？"

"我們冷戰不行嗎？"

話說到這裡，猥瑣男也只能摸摸鼻子走開。

"英雄救美"後，劉浩反身想走，被黃衣女叫住。

"喂！能不能送我回家？"她問。

"我沒車。"

黃衣女隨即把包裡的車鑰匙掏出來，於是劉浩成了代駕，而"代價"是一夜的溫存……

隔天，劉浩接到一通電話，對方問他貨好不好？

"好得不得了。"他答。

"別忘了今晚你當猥瑣男。"

"那有什麼問題？"

（529）

寫了十幾年的小說，依然沒有出版社伸來橄欖枝。思來想去，游鳴偉決定自費出版，也算是對過去所投入的時間和精力做個交待。

出書的過程相當順利，出版社還給了他100本"免費"的紙書。游鳴偉留下一本做紀念，其餘的全送出去。

"小游，書寫得不錯，你這是自費的吧？！"拿到贈書的文友問起。

"是半自費，只要第一版售罄，第二版開始就能拿分成。"

"挺好的。"

"是呀！"

游鳴偉邊答邊想著一版有4000本，整個
中國有14億人口，要不了一個月就能全
賣光，他可以坐等分成，而文友想的是
：「他奶奶的，書號是假的也沒察覺到
，這小子的腦袋是不是被驢踢了？」

最近流行玩牌仙，所謂的牌仙就是紙牌上的神仙，玩法是在事先寫好答案的紙上放一張撲克牌，然後依序問問題。如果牌仙顯靈，祂會指出答案；反之則不會，只能他日再請。

"誰先開始？"小羽問。

"聽說玩牌仙得依東南西北的順序問，一輪問完就不能再問，否則回答的不是牌仙本仙，而是別的鬼魂。"小菲答。

由於提到鬼魂，氣氛一下子緊張起來。

"我……我看還是別玩了，免得惹禍上身。"小雅說。

"這還得問牌仙同不同意。"

小青一答完，撲克牌微微動了起來，嚇得四個女生尖叫聲連連。

「看來牌仙不同意，我們還是趕緊進行吧！」小菲看向小雅，「妳居東，妳先問。」

小雅沒想到自己竟然是第一個跟牌仙對話的人，心裡很是忐忑。

「我⋯⋯我想問⋯⋯問⋯⋯明天的英語小考會不會取消？」

話一落音，只見撲克牌先向左移，再向上移，最後停在「不會」的格子裡。

小雅不免氣餒，明天的小考她還沒準備好，所以懷著一絲希望，結果天不從人願。

接著小羽、小青和小菲都先後問了問題，牌仙也一一回答了。

「我們躲在體育器材室裡玩牌仙，不知道負責鎖門的林老師會不會把門給鎖了？」小雅擔心地問。

此時，扣的一聲傳來，她們趕緊跑過去，發現門被鎖上了。四個女生急得跳腳，又是拍門又是呼救，依舊無果。

“看！”小羽臉色鐵青地指向她們方才坐著的地方，“撲克牌移動位置了。”

沒錯，它就停在“會”的格子內……

經過十幾天的大戰，阿爾法星人成功佔領地球，如何管理成為首要問題。

"帝，聽說地球人已經為此產生一種機構，我們只要照搬過來，每個地球人最後都會成為我星的順民。"最有智慧的長老對阿爾法星的首領說。

"順民？"

"是的，這個機構表面上的作用非常冠冕堂皇，實則培養順民，因為一旦進入該機構，惟有按照規矩走才能得到獎勵，久而久之便能將原本有稜有角的個體培養成趨利避害的利己主義者，而我們只要以利誘之，很快就能實現控制地球的目的。”

阿爾法星的首領很感興趣地問這是什麼機構？長老畢恭畢敬地答：“按照地球人的說法，它叫‘學校’。”

（532）

有個男人將女人往死裡打，從客廳打到臥室，即使女人苦苦哀求也不能讓他手下留情⋯⋯

視頻一經發佈，群情譁然，那男人直接被"社死"（社會性死亡，指在大眾面前做了丟臉的事，以致沒辦法再進行正常的社會交往），工作也丟了，可說是損失慘重。

幾個星期後，那對男女走出民政局，手裡各拿著一本離婚證。

"妳的目的算是達到了，現在可以回答我的問題嗎？"男人問。

"可以，你問。"

“懷上上司的孩子是真的嗎？”

“我的上司是女的，你說是真的還是假的？”

“攝像頭是妳安裝的，影片經過剪輯，同時還做了消音處理，我說的對嗎？”

“全對。”她嘆了口氣，“很抱歉事情變成這樣，如果當初你爽快點兒，也就沒有後面什麼事了。”

“算了，妳也好不到哪裡去，咱倆算扯平了。”

“什麼意思？”

男人遂拿出口袋裡的錄音筆，按下暫停鍵後，答：“給妳兩條路走，一是我們立即復婚，二是妳也被社死。反正我已經沒什麼好損失，不介意拉妳當墊背。”

（533）

去年夏天，我終於辭掉雞肋般的工作回家躺平。毫無疑問，這個決定讓父母臉上無光，每見我一面就大嘆一口氣，於是我讓大舅找個藉口把父母哄回老家，省得矛盾日增，終至無法挽回。

妻子梅玲對我的選擇倒沒說什麼，依舊朝九晚五地上班，只是有一天她告訴我得搬家了，因為光靠她一個人的薪水住不起那麼好的房子。

我也知道這是鐵錚錚的事實，所以無條件同意了。

新租下的房子在郊區，代表妻子得提早一個半小時出門，同時晚一個半小時到家。為了彌補給她造成的不便，寫作以外的時間我都拿來幹家務，這樣多少能讓她感覺平衡些。

沒錯，我並不是真正意義上的躺平，而是換了一個跑道（我想嘗試成為第二個魯迅）。

這一天，當我正敲打著鍵盤，敲門聲響起，我走過去開門。

"告訴過你——你家孩子的學步車太吵了，"戴眼鏡的中年男子走上前來，"你當我放屁，是嗎？"

"孩子？我家沒孩子。"我很平靜地答。

"人的忍耐是有限度的，所以別再挑戰我的忍耐力！"說完，那人氣沖沖地走了。

我愣在原地3秒鐘，一種吃了啞巴虧的莫名屈辱感爬上心頭，後來還是自己與自己和解，畢竟人只要活得夠久，總會遇到幾名異類，不是嗎？

怪就怪在這裡，從此眼鏡男每天都會來"問候"我，一次比一次口氣惡劣，甚至開始威脅恐嚇。

“你自己進來看看，”我讓開身來，並且做了個請進的動作，“若有孩子或者孩子的學步車，我立馬向你道歉。”

看來我是真的被逼急了，竟然允許一個陌生人進到家裡來。

“又找警察，警察只會要我們和解，你說這情況能和解嗎？”

我一頭霧水，誰想找警察？我提都沒提過。

“既然你不想進屋來，也不想……找警察，那你說個數好了，幾百元之內都好商量。”

我心想也許他就打算訛點兒錢，只要數字不大，我寧願花錢買寧靜。

“今日我把話撂下，如果不馬上停止對我的噪音攻擊，我讓你們全家看不到明天的太陽。”

眼鏡男走後，我又有吃了啞巴虧的屈辱感（我都這麼低聲下氣了，怎麼還被死亡威脅？）。

梅玲下班後，我忍不住告訴她這件事。

“別跟鄰居過不去，吃完飯我們一起到樓下解釋清楚。”她說。

“我已經解釋過很多遍，可是他完全聽不進去……呃！好像也不能這麼說，事實上我和他雞同鴨講。”

“你嘴笨又不是最近的事，”梅玲笑了，“放心，我來跟他說。”

後來我們一起下樓敲301的房門，開門的是位老太太，一聽說要找眼鏡男，臉色立即變了。

“您別誤會，我們來是想告訴他——我們沒孩子，當然也不會有學步車，所以他聽到的噪音絕不會來自401。”

“你們住401？”

“沒錯。”

老太太沉默片刻後，答：“401死過人，是一對夫妻和他們的孩子。”

聽到這個，我和梅玲倒吸一口氣，原來我們住進了凶宅。

“那……那……”我忽然想不起來該問什麼，支支吾吾的。

“你若想問我兒子，我可以告訴你——他死了，殺人不得償命？”

“殺……殺人？”

〝我兒子對噪音敏感，尤其受不了學步車的聲音，殺人前他已經處於崩潰狀態。〞

回屋後，梅玲立即打包行李。其實不止她待不下去，我也同樣感到害怕。

後記：凶宅事件後，我終於找對寫作方向，不再想當第二個魯迅，而是改向 **Stephen Edwin King**（世界著名的恐怖小說家）看齊。

白從布丁死了之後，關悅的抑鬱症加重了。

"悅悅，妳倒是說話呀！看妳這個樣子，我的心都要碎了。"

她的老公尹建華邊說邊流淚，上次他哭還是孩童時期。

"布丁死了，我什麼都沒有了。"她答。

"妳還有我呀！咱們再試試，好嗎？就算為了我。"

布丁是隻金毛犬，關悅撿到它時已經是條老狗，能夠再多活五年，連醫生都稱奇蹟。

“你不懂，我把布丁看成另一個我，現在它死了，我感覺自己也走到生命的盡頭。”

看關悅死意甚堅，尹建華決定做點兒什麼，幾天後……

“這是什麼？”關悅看著老公遞過來的收據問。

“克隆狗的費用，再過十個月，妳的布丁就會重生。”

聽完，關悅感動得說不出話來，任憑淚水像決堤的洪水，一發不可收拾。

在外人眼裡，關悅樣樣不如自己的老公，算是高攀了，只有尹建華心裡清楚著——柔弱的妻讓他想起自己長期以來刻意隱藏的一面（膽小、悲觀、缺乏自信等），他把她看成另一個“我”，時刻小心呵護，如果她死了，他感覺自己也走到生命的盡頭……

（535）

老李在市區開了一家馬來菜館，他自認菜好、用餐環境佳、服務周到，但客人就是寥寥無幾，他為此很是煩惱。

"也許店名取得不好，換一個試試看！"朋友對他說。

老李心想反正眼下也沒其他辦法，不妨死馬當活馬醫。

當"老鼠菜館"的招牌取代"馬六甲風情"時，所有人都看傻了眼。

老實說，老李也覺得不妥，但于半仙拍胸脯保證這是個好名字，他也就姑且一試。

然而換了店名之後，生意不僅沒起色，反而變得更差，老李不得不結束營業，同時把于半仙恨得牙癢癢的。

哪知關店不到一個禮拜，封城（由於疫情失控）的命令便下達，一封就是兩個月。

"還好我抽身快，否則損失就大了。"老李心想。

等疫情結束後，老李又尋思開店，這次他懷著無比虔誠的心去見于半仙，請他給自己的泰式餐廳賜個好名字。

于半仙邊搖扇邊思考，此時一隻蚊子老在他耳邊嗡嗡叫，好不煩人。

"定了！"他收起折扇，"就叫'嗡嗡菜館'。"

樸氏兄弟把"發展下線營利"包裝成一般的獎金制度，然而再怎麼巧立名目也躲不過有關部門的火眼金睛。

"局長，樸氏公司做的正是傳銷，我們可以直搗黃龍了。"課長說。

"且慢，再多觀察一陣子。"

這一觀察，三年過去了，樸氏公司也從一個小公司茁壯成為擁有三百萬銷售人員的大公司，業務範圍遍佈全國，年收入達數十億元。

"現在可以直搗黃龍了。"局長對課長說。

"我不明白，為什麼三年前我們不直搗
黃龍？"

"豬當然養肥了再殺，這也是為國家金
庫做出貢獻。"局長答。

（537）

董明輝巧舌如簧、伶牙俐齒、口角生風，能在言語上勝過他的，全國大概數不出幾個。

這一天夜深人靜，他慢跑穿過公園，結果被一群手裡拿著斧頭的混混給團團包圍住。

"跑步呀！老兄。" 1號混混說。

換作平常，董明輝幾句話就能讓對方啞口無言，但眼下不是耍嘴皮子的時候。

"沒辦法，身子弱嘛！大哥。"

"大哥是你叫的？" 2號混混打了一下董明輝的後腦勺，"還不快跪下？！"

董明輝立刻兩個膝蓋著地。

"學狗叫。"

"汪汪！"

"說自己是孫子。"

"我是孫子。"

"誰是主子？"

"你們全是我的主子。"

眾混混哈哈大笑，接著你一言我一語地取笑他的"狗腿"行徑。

董明輝不敢吭一句，妥妥的奴才樣。

此時，有個混混想踢他一腳，立即被另一名混混給阻止了，因為這有違"斧頭幫"的立幫宗旨——鋤強扶弱。

"斧頭幫"走了之後，董明輝從地上爬起，繼續慢跑。興許今晚有事，他還沒跑出公園，一名男子攔下他索要"買路錢"。

董明輝思考了兩秒鐘，反身一個迴旋踢，那人便倒地不起。

"沒有金剛鑽，別攬瓷器活。"他對躺在地上哀嚎的人說。

（538）

姚編導正在面試演員，看見雷大在門口探頭探腦，立刻把人叫進來。

"各位，我鄭重介紹一下，這位是編劇界冉冉上升的新星——雷大。"

稀稀落落的掌聲傳來，倒叫人一時不知該做何反應。

"你們可別小看編劇，他們是一齣戲的靈魂，假使沒有好劇本，再好的演技也枉然。"姚編導說。

"請問……他是這齣戲的編劇嗎？"一位面貌清秀的女生問。

“這齣戲的編劇已經定了，看下部囉！如果投資方和導演都同意，八十萬元馬上入袋為安，到時候雷編劇就要請客了，”姚編導看向他，“我說的對嗎？”

“當然，當然。”雷大答，同時拭去額頭上的汗珠。

等試鏡演員都離開後，姚編導問雷大有什麼事？

“我……我想問《鐵血戰士》的劇本有沒有消息？”

“已經交上去了，估計得開會討論一下。”

“什麼時候開會？”

“快了。”

“快了是什麼時候？”

“等萬事俱備就會開，”姚編導拍拍雷大的肩膀，“放心，有我護航，你的機會比別人大得多。”

回到家，雷大的妻子問他錢要回來了嗎？他隨即把口袋裡的零錢全上繳。

“就這麼點兒？姚海威是不是想賴賬？”

“不會的，人家是大公司的編導，不會騙人的。”

今天雷大鼓起勇氣去要債，結果被三言兩語給勸退，他只得去做日工，總算掙到95元回家交差……

（539）

秦亦珊決定在公司年會上跳肚皮舞，這是一種帶有異域風情的舞蹈，一點兒也不色情，可是跟她關係比較好的女同事紛紛阻止，怕她被貼上標籤。

"肚皮舞是一種再正常不過的舞蹈，如果有人戴上有色眼鏡看待，那是他們的問題，不是我的問題。"秦亦珊答。

話說得很滿，但秦亦珊的內心其實很惶恐，因為她暗戀一年多的同事卓晨光到時候也會觀看，他會怎麼想？能不能接受她的喜好？

後來，秦亦珊果然在年會上大出風頭，總經理還特地到她這一桌向她敬酒。

"不錯不錯，後生可畏呀！"他樂呵呵地說，但投過來的眼神可沒那麼無邪。

秦亦珊虛應了一下，然後把目光投向卓晨光坐著的位子，結果望了個寂寞，因為那人已不見蹤影。

後來有流言傳出——卓晨光認為女孩子在公眾面前裸露肚皮跳舞很不雅觀。

雖然沒指名道姓，但公司上下全知道這個"女孩子"指的是誰。

"聽說你對肚皮舞有成見。"秦亦珊攔下卓晨光問。

"這是我的個人看法，妳可以不接受。"他答。

"肚皮舞其實是一門藝術，它起源於埃及，相傳有一位貌美且身材妙曼的女子因婚後不孕來到廟裡祈禱，在神祕力量的引導下，她開始……"

"等等，我為什麼要聽這個？妳想跳就跳唄！"

秦亦珊語塞，她這是給暗戀對象機會，如果他聽完解釋能夠改變想法，秦亦珊還是願意繼續喜歡他。

“ 她......她開始動情地在神像面前扭腰、擺臀，好似舞蹈，以此來祈求......”

“ 秦小姐，我說了，妳想跳就跳，這是妳的個人自由。”

“ 以此來祈求生育之神能圓她的美夢，後來‘肚皮舞’便成為祭祀之舞，這可以從古埃及的壁畫中得到佐證......”

即使卓晨光已經走遠，秦亦珊還是繼續講，邊講邊流淚。

（540）

總裁難得到分公司巡視，總監當然得陪著，結果中午12點未到，食堂已經排起了長隊。

"看來公司的伙食不錯，所以大家都迫不及待。"總裁說。

總監尬笑著，心裡把那群餓死鬼全詛咒了一遍。

等總裁一離開，總監立即把經理叫過來，明令今後不到中午12點，任何人都不准離開工作崗位就餐。

經理一琢磨，公司員工多，食堂又不大，如果全卡在中午12點用餐，他還要不要吃飯？於是等總監一離開，經理立即把主任叫過來。

主任一琢磨，公司員工多，食堂又不大，如果全卡在中午12點10分用餐，他還要不要吃飯？於是等經理一離開，主任立即把組長叫過來。

組長一琢磨，公司員工多，食堂又不大，如果全卡在中午12點20分用餐，他還要不要吃飯？於是等主任一離開，組長立即把普通員工全叫過來，說："今後不到中午12點30分，任何人都不准離開工作崗位就餐。"

（541）

我是人類大腦內的化學物質，學名"多巴胺"，化學式為C8H11NO2。

每天，我精神抖擻地工作，為的就是讓我的主人心情愉悅，所以我又被稱為"快樂因子"。

雖然我每天辛勤地工作，但效率卻很低，因為我的主人有太多煩心事，它們像一塊塊巨大的石頭擋在我面前，如果躲避不及，我就得攀越，這大大阻撓我前進的腳步。

就這麼累死累活地熬到主人睡下，我終於能稍微喘口氣，同時祈禱他能睡個好覺，因為萬一主人沒睡好，想東想西，我又得爬起來繼續工作，免得他想不開，做了愚蠢之事。

不瞞你說，雖然我和我的主人朝夕相處，但他並不經常注意到我（我懷疑他根本不知道我的存在），所以倘若有一天我得了個機會能與他交流，我會把埋藏多年的心裡話告訴他——看在我每天努力想讓你開心的份上，你他媽的就不能自己也努力一把？搞得我都快抑鬱了！

（542）

彿看著親生孩子第一次離手，蘇小丹既不捨又忐忑地把剩餘的86個章節全發給正直出版社。

"收到了嗎？"蘇小丹迫不及待地問。

"收到了。"該社的楊編輯答。

蘇小丹終於放下心來。

幾天過後，她忍不住又聯繫楊編輯，問他出書的希望大不大？

"目前看來......"他停頓了一下，"應該能出。"

蘇小丹大喜，緊接著問她能拿多少？

"這得看市場，最近的市場不好，我社出版的幾本書都撲街了，妳的這一本也不好說。"

聽到這個，蘇小丹忍不住心裡咒罵："怎麼不早說？白浪費我時間！"

後來，蘇小丹轉投向新樂出版社，只因該社的梁編輯為她畫下一幅美麗的藍圖，可是……

"怎麼才賣了這麼幾本？"她質問。

"書賣得不好，作者才是責無旁貸的那一個。"梁編輯冷冷地答。

"我……"蘇小丹立即沒了底氣，"我就是問問，以後……以後好改進改進。"

"抱歉！沒有以後了。為了出妳的書，我社已經賠了個底朝天，所以今後不會再有合作機會。"

兩年過後，蘇小丹又完成一本書，正直出版社依舊採取保守態度。

蘇小丹想了又想，還是轉投向花鄉出版社，只因該社的姚編輯為她畫下一幅美麗的藍圖……

（543）

此次州長的選舉相當激烈，華裔候選人史克強的情勢岌岌可危，不出意外的話，他應該會是落選的那一位。

"裴麗，這次的選舉不論能不能當選，我都謝謝妳給予我的支持。沒有妳，我堅持不到現在。" 史克強對妻子說。

從政一直是史克強的夙願，而左裴麗又是公認的好妻子，她當然不願見到自己的老公敗北，所以決定放手一搏。

隔天（投票的前一天），左裴麗站上講臺拉票，她把自己曾經遭受職場性騷擾的過往公諸於世，同時強調史克強很同情無處申訴的女性，如果他當選，肯定會通過有利於女性同胞的法案，譬如"反職場性騷擾"等。

此番言論很博得好感，只是沒想到會引起那麼大的反響，一開票就開高走高，最終將史克強送上州長的寶座。

慶功宴之後，新任州長夫婦回到家，史克強悄悄把房門鎖了，又將窗簾拉上，然後轉身問老婆："那件事可是真的？"

"是不是真的很重要嗎？"

"對我而言很重要，他……只是性騷擾嗎？"

左裴麗猶豫了一下，回答："是的。"

史克強明顯鬆了口氣，然後掏心掏肺地說："謝謝妳幫我拉來那麼多選票，這次能當選，全是妳的功勞。"

左裴麗沒有說謙虛的話，反而問他是不是會盡全力通過反職場性騷擾法案？

"當然，我已經對公眾誇下海口。"史克強答。

"那就好。"

時間回到一個月前，有女性工作人員找到左裴麗，告訴她史克強在辦公室對自己進行性騷擾。

“妳想怎麼解決？”左裴麗看過錄像後問
。

“如果史先生沒當選，我想要一筆錢；
如果他當選了，我想見到‘反職場性騷擾
法案’被通過。”

左裴麗不想付錢（那個色鬼根本不配）
，所以只能走第二條路……

（544）

小周和小鄭是市場裡"唯二"的水果攤販，為避免惡性競爭，兩家協商統一價格，可是就是這麼奇怪，明明價格一樣，顧客還是更願意向小周購買，這讓小鄭很是不平，他懷疑對方並沒有遵守約定。

由於心中已有成見，小鄭招呼都不打一聲便自行降價，果然顧客都湧了過去。

等收攤後，小周問小鄭為什麼不遵守約定？

"到底是誰不遵守約定？你先不仁，休怪我不義。"小鄭憤怒地答。

友誼的小船翻了之後，兩家各幹各的。小鄭依舊打價格戰（已經到了幾乎沒有利潤的地步），可是有些顧客還是會花相對較高的價格向小周購買，這讓他很納悶，於是讓自己的二姨喬裝顧客去一探究竟，果然發現不一樣的地方。

"你的價格確實比較低，但那個攤主讓我試吃價昂的水果，好比櫻桃、榴蓮等，搞得不買都不好意思。"二姨答。

（545）

老院長突發腦溢血去世，兩位副院長都對那個位置虎視眈眈。

"孔老，您是說得上話的人，我的事就拜託您了！" 藍副院長說完，把一個包裝得非常精美的禮盒遞過去。

"用人惟才，" 那個看起來仙風道骨的老人把禮盒往外推，" 你是國家棟梁，有你在，國家就有希望。"

藍副院長及其夫人離開沒多久，另兩人上門了。

"孔老，您是說得上話的人，我的事就拜託您了！" 馮副院長說完，把一個包裝得非常精美的禮盒遞過去。

"用人惟才，"那個看起來仙風道骨的老人立刻垮下臉來，"如果拜託就能成事，這個國家還有希望嗎？"

"是是是……"馮副院長低下頭，"我膚淺了。"

"盒子裡裝的什麼？"

"即食燕窩，能補氣血。"

孔老先生打開盒子，把其中一瓶拿起，看到底下壓著一個信封，立即下逐客令。

被屋主趕出家門後，馮副院長喜形於色。

"這件事黃了，你怎麼還笑得出來？"他的夫人沒好氣地說。

"我問妳——那個老傢伙收沒收禮？"

"收了。"

"這就是答案！"

（546）

阮大姐在郊區租了塊地，用來收容流浪動物，日常的開銷很大，如果不是有善心人士捐款，估計支持不了多久……

她的兒子問：" 妳何不幫助窮孩子？那個來錢快。"

" 來錢是比較快，" 阮大姐答，" 但孩子有嘴巴會說呀！不像這些畜牲，即使一天給半個饅頭也無人知曉。"

（547）

M公司強迫員工加班已成了常態，更過份的是連孕婦和生病的人也得加班，如不服從，輕則苛扣工資，重則開除。

由於抱怨的人數越來越多，M公司的楊總被有關部門約談。談話過後，楊總發表談話：“本公司的訂單太多，如不按時交貨會有違約金的產生，管理人員的壓力之大可想而知，不過凡事不可以一刀切，若真有急事或身體不適可以不加班。”

原以為有楊總背書，加班現象會有所緩和，哪知依舊。這一來天怒人怨，楊總不得不再度出來喊話，但言者諄諄，聽者藐藐。

有記者問楊總：“貴公司依然存在不合理的加班現象，您怎麼看？”

“我已經說了——不可以一刀切。”

“可是……”

“我已經做了該做的，你還想怎樣？”

“底下的人不服從命令，你身為上級，難道沒有話要說嗎？”

“我已經說了——不可以一刀切。”

記者收了話筒，心想這個人不從政，可真是太可惜了！

（548）

19世紀中葉，澳大利亞掀起淘金熱，由於華人的勞動力便宜，當時的礦主便輸入大量華工，20歲的吳文進便是其中一員。

白天，礦工們在礦坑裡忙活，到了夜裡，他們爭先恐後地湧入礦主開的賭場內，把好不容易賺來的辛苦錢又還給了礦主。

吳文進把一切都看在眼裡，心想他才不幹這種蠢事！可是自從下舖的小沈從賭桌上掙到十年的工資後，吳文進的心開始動搖了。

“如果我也像小沈一樣幸運，立馬就能離開這個鬼地方，回家迎娶阿琴。”他心想。

美好的願望一旦產生，就像氣球一樣越鼓越大，終於有一天炸開來，吳文進揣上所有的身家孤注一擲，結果輸個底朝天。

然而此事並沒有給吳文進帶來教訓，相反的，他變本加厲，只要口袋裡有兩個錢，毫不猶豫便往賭場奔去。

有人勸他適可而止，他的回答從來沒變過，那就是——反正連返鄉的船票都買不起，他只能繼續賭下去，也許哪天贏了，他還來得及回家娶阿琴。

有一天，當吳文進又重複以上的說辭時，有人問他阿琴幾歲了？

“她……她和我同年。”

此話一出，眾人大笑不已，因為眼前的老吳已經是知天命的年紀。

（549）

小韓到便利店購物，收銀員多找了 10 元給他，小韓立即歸還，因為他的宗教信仰不允許他做個不誠實的人。

大韓也到便利店購物，收銀員也多找了 10 元給他，大韓同樣歸還，因為他知道便利店內有錄像存證。

離開便利店後，小韓遇到張羊，張羊要他幫忙請病假，實際情況卻是會網友。小韓的宗教信仰不允許他幫人做假，所以果斷拒絕了。

離開便利店後，大韓也遇到張羊，張羊要他幫忙請病假，實際情況卻是會網友。大韓不怎麼喜歡張羊，所以果斷拒絕了。

回家路上，小韓看到一名小孩落水了，立刻跳入河裡救人，因為他的宗教信仰不允許他見死不救。

回家路上，大韓也看到一名小孩落水了，在確認無他人在場，同時也沒有攝像頭後，立刻走人，因為他的一身行頭是新置的，花了他兩百塊錢呢！

（550）

婚前，小趙跟小瞿約定好家務共同分擔，因為她也在上班。

婚後，沒幹過家務的老公一度叫苦連天，但習慣之後也就悶聲發大財，哪知婆婆進門後打破了這種平衡。

"媽，倒垃圾是正民的工作，妳別幫著做。"小趙說。

"誰做不是做，分那麼清楚幹嘛？"她的婆婆答。

可是就是這麼神奇，但凡小瞿該做的，婆婆都搶先一步做完，而小趙該做的，全原封不動。

小趙將此事告訴小瞿，小瞿認為她想多了。

"不然你現在就去告訴你媽——從明天開始，你得負責清洗排油煙機。"

小趙之所以這麼說是因為排油煙機已經好幾個月沒清洗，上面沾滿油汙，她自己懶就算了，可是成天宅在家裡的婆婆卻也同樣視若無睹。

小瞿本來不願意說，但拗不過老婆的堅持，只好照做（小趙在一旁偷聽，確認他說了）。

隔日下班回家，小趙發現排油煙機完全沒有清洗過的痕跡，倒是晚飯做好了，而這原本是她的工作。

"芳芳呀！妳嚐嚐這個，"她婆婆夾了一塊肥瘦相間的五花肉到她的碗裡，"媽照著食譜做的，也不知合不合妳的口味。"

小趙咬了一口，發現肉很柴，一點兒也不好吃，但她還是違心地說些應酬話，把婆婆哄得很開心。

當日夜裡，小瞿偷偷溜到母親的房裡，說："謝謝媽！"

“哎！若不是心疼你，我才不做虛偽的事！”他的母親答。

“哎！若不是心疼你，我才不做虛偽的事！”他的母親答。

每當有人問起丁翰的身家，他總自豪地答約六百多萬元。以一個不到35歲，自食其力的男人而言，表現頗為亮眼。

然而自從房市泡沫毫無預警地被戳破後，一切都變了。

現在有人問起丁翰的身家，他總閃閃躲躲地答約兩百多萬元。以一個不到35歲，自食其力的男人而言，勉強算吉格吧！

房子還是那個房子，丁翰的月收入也沒變，但就是這麼神奇，他一會兒上到雲端，一會兒又回到人間，連招呼都不打一聲。

·　·　·

（註：丁翰的身家和他的房子估值緊緊綁在一起。）

有一隻長相奇特的魚在海灘上擱淺，頭部流血，正奄奄一息。經專家鑑定，這是一條"應該"已經絕種的魚，時間可追溯到恐龍時期。

此消息一出，立刻吸引全球的目光，大家無不關心它的狀態，還好經過獸醫的悉心照料，"絕種魚"終於康復，如今也到了放生的時刻。

由於這條魚的稀有性，各家媒體紛紛派出記者跟進，市長先生當然不會放過這個亮相的好機會，也跟著上船。

當船隻來到公海上，代表歷史性的一刻即將發生，只見市長先生抱起尚活蹦亂跳的魚（同時對著鏡頭露出親民的笑臉），接著往上用力一拋，結果魚結結實實地落在船用螺旋槳上，頓時血肉模糊。

這場意外讓所有人都看傻了眼，還是市長祕書機靈，他把在場記者的記者證全沒收下來，果然後來的文字報導和錄像都停留在血肉模糊的前一秒……

（553）

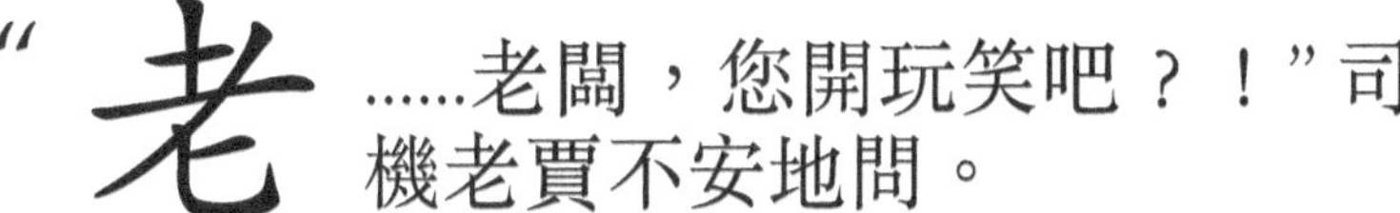

"老……老闆，您開玩笑吧？！" 司機老賈不安地問。

"不開玩笑，我老早想讓你體驗一把當老闆的滋味。"

老賈當然不介意互換座位，只是沒想到連身上的衣服和配件也一併做交換。

"老闆，"老賈分別往車前和車後二度確認，"怎麼今天沒帶保鏢？"

"創業初期，我總費盡心思讓自己看起來有錢，好讓投資者安心。如今我終於可以不靠外物來證明自己，所以樂得當一回看起來沒錢的人，而沒錢的人僱不起也無需保鏢。"

這個解釋很牽強（實際原因是費老闆的保鏢不滿意薪水被苛扣，今天集體罷工），但司機老賈不疑有他，反而為突來的好運而沾沾自喜著。

（554）

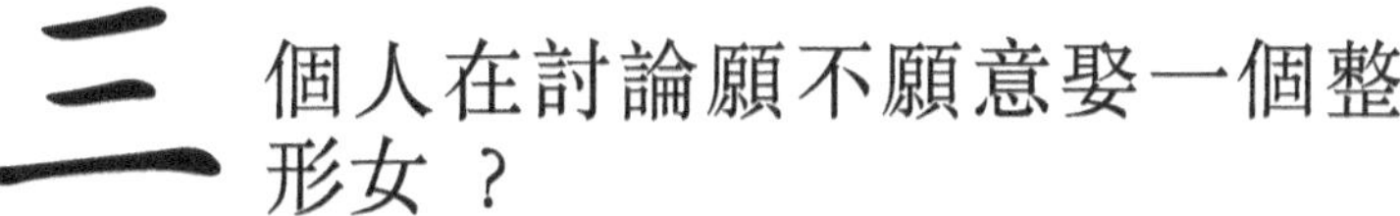

三個人在討論願不願意娶一個整形女？

甲說：" 我不介意有沒有整形，只要是美女即可。"

乙說：" 我才不，整完形還得維修，我可沒那麼多錢。"

丙說：" 整形其實是不自信的表現，有先天上的心理缺陷，我會敬而遠之。"

當丙一說完，護士剛好出來喊人進去整形。

她們三人互望一眼，彼此祝福，然後義無反顧地走進各自的手術室內。

（555）

要說出版界的翹楚，那非晴天娃娃出版社莫屬，這也是武勝衣的首選，可惜"落花有意，流水無情"。

有人勸他不妨試試別家？他總答："要就要最好的，否則寧願不簽！"

後來武勝衣每隔一段時間都會重複投稿給晴天娃娃出版社，心想編輯是流動的，也許哪天就被看上了也說不定。

然而這個"也許"一直沒有實現。

某天，醫生宣佈武勝衣最多只能再活半年，他第一個想到的是他那五本未面世的小說該怎麼辦？

高傲與自尊讓他拉不下臉去求人出版，
而自費出版在此時也沒多大意義，反倒
提醒他過去的堅持有多可笑。

思來想去，武勝衣決定把近一百萬字的
五本鉅著全發到文學網站供人免費閱讀
，只是這個決定並非心甘情願，否則他
也不會邊發邊流淚（真要形容，大概就
是"貨賣不出去，與其看它發爛發臭，不
如送人"的心情）。

"請問薛冬梅家在哪裡？"記者問在巷子口抽菸兼納涼的大叔。

"喏！那間。"大叔用夾菸的手指了指，"窗口上曬著衣服的那一間。"

記者正要上前，被大叔喊住："喂！別採訪了，一個三十多歲的老姑娘把擇偶標準定得這麼高，簡直是個笑話！也不想想自己是塊什麼料？"

"您倒是說說她是塊什麼料？"記者好奇一問。

此時棚戶區內閒散的居民一個個靠過來，七嘴八舌地講述，記者腦海裡的薛冬梅因此漸漸清晰起來——三十多歲、無婚史、初中文化、超市收銀員、眼睛長在頭頂上……

話正說著，薛冬梅穿著超市的制服走過來。大叔拍拍記者的手，說：" 她就是薛冬梅！"

知道來人正是今天的採訪對象，記者示意攝影師開機，然後拿著話筒走過去。

" 我沒有什麼話要說，" 薛冬梅推開話筒，" 該說的你們都已經在網上看過。"

這時圍觀的鄰居開始抨擊她，彷彿與她有不共戴天之仇。

" 我的擇偶標準高怎麼了？又不是嫁給你們的傻兒子！" 薛冬梅毫不客氣地懟回去。

結果引來另一波罵戰，記者只好把薛冬梅帶到附近的咖啡廳，遠離暴風圈。

" 我不進去了，還得上班呢！" 她答。

" 那麼我快速問一句——當初妳說的擇偶標準是認真的，還是為了紅而語出驚人？"

" 為什麼你會認為我說的話語出驚人？難道我只配嫁給社會底層，然後永遠住在棚戶區？"

“我……我不是這個意思。”

“你就是這個意思！”薛冬梅拭去眼角的淚水，“你和那些咒罵我的人一樣，早已替我貼上標籤，我不過是把標籤上的售價改了，能不能賣出去是我的事，怎麼就招來那麼多的惡意與謾罵？”

薛冬梅走了之後，記者望著她的背影喃喃道：“可是妳擾亂了市場價格呀！”

（557）

由於二兒子爛泥扶不上牆，國畫大師龐敬堯把所有家產（包括72幅真跡）全給了大兒子。

這下子樹倒猢猻散，二兒子的一眾狐朋狗友全跑光了，只剩蔣介昆。

"你是不是腦子進水了？家裡都快沒米下鍋，你還把社會閒散人員帶進來？"蔣家女人嚷嚷著，就怕龐跎聽不見。

"妳小點兒聲。"蔣介昆說完，把老婆拉到後院講悄悄話。

聽完解釋，這個總有怨氣的女人仍不苟同，蔣介昆只好把她送回老家，免得壞了大事。

"對不起，害你和嫂子分隔兩地。"龐跎心懷愧疚地說。

"瞧你，我們是兄弟啊！"蔣介昆拍拍龐跎的肩膀，"兄弟如手足，妻子如衣服，衣服可以不要，兄弟可不能丟！"

事實證明蔣介昆不僅沒丟了龐跎，還幫他出謀劃策，為的是討回遺產。

"可是打官司需要錢，我……"

龐跎話還沒說完，蔣介昆拍胸脯保證這件事就包在他身上！

後來蔣介昆砸鍋賣鐵幫龐跎僱了個"律師團"，還買來水軍製造話題和導向輿論。不到半年的工夫，龐跎的哥哥便舉白旗，因為與其讓人議論和白送錢給律師，不如早早私了。

討價還價的結果，龐跎得到一棟別墅和20幅父親的真跡，現金不多，只有五百萬元。

既然有了別墅，當然沒理由再蹭睡。臨別時，龐跎把一個卷軸盒交給蔣介昆，說："大恩不言謝，這是一點兒心意，請笑納！"

蔣介昆認出那個卷軸盒，裡面是一幅六尺全開的潑墨山水畫《江南天闊》，以

龐大師目前的行情計，就算買不起布加
迪威龍，起碼也能把法拉利幻影開回家
。

（558）

梁大發是城中數一數二的大富豪，他和"國民妹妹"的結合更是一段佳話，兩人鶼鰈情深，羨煞旁人，可是突來的性侵羅生門卻讓夫妻間的感情開始出現裂痕。

"為什麼？"國民妹妹聲淚俱下，"你連這點兒小事也處理不好，現在大家都在取笑我，你讓我如何自處？"

不止國民妹妹有疑問，全國上下都有疑問，明明錢能解決的事卻搞得醜聞滿天飛，公司股價也應聲下跌，對於在商場上打滾數十年的老手來說，實屬不智。

其實梁大發也悔恨過，如果時間能夠倒轉，他肯定能做得更好，但當時的他只有一個念頭——絕不能讓"壞人"得逞，否則仙人跳的套路會沒完沒了，那麼他要如何分辨真偽？畢竟過去主動接近他的女人都是出於仰慕，他和"她們"之間是不講錢的，那太俗氣，會玷汙神聖的男女之情……

（559）

這一天，羅家保姆和瓊斯家的保姆在送完孩子上學後攀談起來。

"妳僱主家的女孩長得真好看！"羅家保姆說。

"當然，她媽媽是個明星，漂亮得很！"瓊斯家的保姆答。

"哎！我家這個醜不拉幾，沒辦法，她媽長得醜！"

"告訴妳，美國富豪鍾情娶美女來改善後代的顏質基因。"

“中國富豪不一樣，他們講究門當戶對，最好能強強聯手，所以顏質方面只能睜一隻眼閉一隻眼。”

“真可憐！”

“不可憐，據我所知，正妻雖然只有一個，但外面漂亮的女人多的是！”

“這點倒和我的僱主很相像，不同的是他外面的女人一個比一個醜，遠遠不如家裡那一個。”

此話一出，兩家保姆同時長嘆一聲。

（560）

有個孩子私自騎走鄰居的自行車，結果不幸跌入河裡淹死了。

孩子的家長因此控告鄰居不鎖自行車，如果自行車上鎖了，孩子就騎不了，也就不會溺水而亡……

沒想到如此奇葩的邏輯竟然被採納，法官判被告承擔1/5的過失，賠償死者家屬6萬元。

判決一出，自行車車主不服，立刻到鄰居家理論，結果越吵越兇，自行車車主一口氣沒上來，當場暴斃。

暴斃者的家屬因此控告對方過失殺人，沒想到如此奇葩的邏輯竟然被採納，法官判被告承擔1/4的過失，賠償死者家屬12萬元。

這下子死了孩子的家長反而倒賠6萬，這口氣如何能嚥下？於是兩夫妻拿上毒鼠強出門……

（561）

羅勃特直到七年級時才知道自己家世顯赫，起因是近代歷史課本上出現了一個響叮噹的人物，老師說那正是他的曾祖父。

"爸，這是真的嗎？"羅勃特一回家就問父親。

"是的。"

"那麼那些古堡、酒店、遊艇、酒莊、馬場……"

"全是我們家族的。"

"意思是我們很有錢？"

“比你能想像的還要有錢。”他的父親停頓了一下，“既然你問起，我就好好介紹一下，這要從十七世紀說起……”

聽完後，羅勃特陷入迷茫，他從未想過自己的家族幾百年來一直掌握著這個國家的經濟命脈。

“既然我們家族這麼有錢，是不是代表我可以不上學也不工作？”他問。

“理論上是，但人的一生總得找個事做，任何事都行。”

“任何事？”

“任何事。”

由於羅勃特還沒想好做什麼事，索性先把學上了。等他拿到學士學位後，腦海終於有了比較清晰的想法——他要當一名古董商。

這個決定不是無來由的，因為他家的古董數不勝數，他早練就鑑賞的品味，只是想要達到真正的鑑賞能力還需要不斷的學習。還好他的背景雄厚，經得起一再地“花錢買教訓”，最後終於得到業界的認可，成為一名“名副其實”的古董商。

幾年過後，羅勃特成立羅氏拍賣行，為的是更好地讓古董流通。沒想到新成立的拍賣行表現突出，光去年的成交額就已達到五千萬美元。

至此，羅勃特無疑是成功的。有人好奇一問：“你對自己的事業有什麼願景？”

“沒什麼願景，我不過是找個事做罷了！”他答。

（562）

突來的戰爭讓Tina慌了神，她快速打包好行李，然後跟著全家一起逃亡。

本來的計劃是搭乘火車到最近的K國，結果K國不僅關上大門，還荷槍實彈地嚴防死守，看來只能徒步北上到C國，可是這條路並不好走，因為中間隔著一座大山，就算登山經驗豐富的老手也戰戰兢兢，何況Tina一家老小？

果然才爬了一小段，家裡的老人就不行了；再過幾天，兩個學齡前的孩子也跟著沒了。Tina和老公來不及傷心，匆匆掩埋家人後繼續趕路，也不知經過多少的苦難，兩人終於抵達C國，並被C國收留。當得知獲救後，Tina緊緊抱住身

135

旁的老公哭泣，流的當然是喜悅的淚水
。

「好了，別哭了，」老公輕拍她，「未來
的路長著呢！」

此話一出，無疑當頭一棒，今後他們是
否要住在難民營裡？要住多久？倘若祖
國一時回不去，他們能和當地人一樣工
作和居住嗎？她和老公都是文員，在本
國都不好找工作，何況他國？如果找不
到工作，會不會被派去掃廁所？她最害
怕糞坑的味道，想想就作嘔……

「親愛的，妳怎麼了？」她的老公發覺有
異，遂問。

「我想我需要服用阿普唑侖。」

「妳已經近一個月沒吃藥了。」

「我知道。」

（註：阿普唑侖是抗焦慮的一種藥物
。）

（563）

某天，在電視臺工作的小季問唐言能不能客串情感節目裡的一個角色？

"什麼角色？"他興致勃勃地問。

"你和多年的女友鬧矛盾，上節目尋求幫助，最後在專家的建議下和好如初。"

聽起來不難，於是在徵求家人的同意後，唐言高高興興地接下這份"兼職"。

沒多久，他得到一份腳本和一個手機號。

"女孩子叫魏倩如，是你交往五年的女友，你有空和她交流一下，免得上電視時兩人不來電。"小季對他說。

於是唐言下班後便撥通"女友"的電話，沒料到對方冷冰冰的，彷彿當他是銷售員。

這可不行！唐言當下便約她出來喝一杯。

"我又不認識你，萬一你……"

"那麼到麥當勞好了，窗明几淨兼人來人往，妳不用擔心有立即的危險。"

"可是我媽說……"

"把妳媽也帶上。"

魏倩如聽完噗嗤一笑，同時也放下了防衛的盔甲。

在麥當勞裡，唐言鉅細靡遺地介紹自己，同時表現出對魏倩如很感興趣的樣子。

"我沒談過戀愛，也不知小季為什麼找上我，我完全不會演戲。"她答。

"不需要演，我會待妳像真正的女友。"說完，唐言對她微笑，眼裡有滿滿的愛意。

沒談過戀愛的魏倩如哪禁得起這個？當晚她便失眠了。

次日，當唐言再次撥通電話時，他能清楚地感覺到對方的變化，不僅不再冷冰冰，反而相當熱情。

“想不想出來喝一杯？”唐言乘勝追擊。

“好。”

“妳可以帶上妳媽。”

“………討厭！”

他倆在酒吧裡有段快樂時光，道別時彼此都意猶未盡，所以又約著隔日再見。

“以這個速度，上電視時絕不會穿幫！”唐言頗具信心地想著。

不妙的是到了真正錄影時，魏倩如竟然拒絕和“男友”鬧矛盾，誰說都不聽，唐言只好把她拉到角落說好話。

“那麼你答應我，鬧完矛盾一定會和好。”她說。

“那是肯定的，腳本就是這麼寫的。”

“打勾勾。”

唐言心想這個年近30歲的女人未免也太幼稚了？但為了大局著想，他還是與她勾了勾手指。

果然接下來的錄影進行得相當順利，就在專家提出建議，兩人就要同意和好時，魏倩如忽然問：“我們會結婚嗎？”

這不在腳本上，但唐言沒有慌張，堅定地答：“會。”

“什麼時候？”她又問。

“最晚年底。”

聽到這個回答，魏倩如紅了眼眶，上前給唐言一個擁抱。在場觀眾無不動容，這是目擊求婚現場呀！

錄影結束後，兩人回到後臺，唐言瞬間就脫離角色，可是魏倩如慢了一點兒，她問“男友”：“什麼時候見雙方家長？”

唐言輕敲她的腦殼，答：“戲演完了還演？節目組可不會多發妳工資喔！”

“我不是在演戲，我是認真的。”她慘白著臉，“告訴我，你也是認真的。”

唐言傻眼了，這不過是一齣戲，她怎麼就上綱上線了？

好說歹說下，這個女人仍不願相信一切只是戲，如果唐言真的不愛她，為什麼要夜夜邀她外出且各種的噓寒問暖？這沒必要，不是嗎？

眼看事情越鬧越大，小季把唐言拉到角落，問：" 你是不是真愛上人家了？是就直說，反正男未婚女未嫁，這不剛好？"

完了！唐言感覺自己掉進了一個深不可測的陷阱裡，還好關鍵時刻他想起了專家，他們應該還沒走遠。

" 喂！你去哪裡？" 小季扯著喉嚨問。

" 我去找專家！" 唐言答。

（564）

連續下了兩天暴雨，馬路上已經開始積水，阿順伯想著何不把下水道的井蓋打開？

果然井蓋一打開，不過幾分鐘的時間，路上的積水已少了大半。

「那就先這樣吧！等雨完全停了，我再回來把井蓋蓋上。」阿順伯心想。

結果不到半天的工夫，有人落入下水道的消息便傳開了。當阿順伯趕到現場時，失蹤者的家屬正跪在那裡呼天喊地。

「是誰這麼缺德？」阿順伯率先喊出，「打開井蓋也不做個警告標誌，這跌下去還有救嗎？」

（565）

江洋介和蔡榮軒皆是白教授的高徒，向來有瑜亮情結，為了博得教授"關愛"的眼神，兩者的競爭已經到了劍拔弩張的地步。沒多久，白教授宣佈江洋介為自己的特別助理，將跟隨他到瑞士開國際會議。

很明顯，蔡榮軒敗下陣來。

然而等師徒倆從瑞士歸來，白教授卻推薦蔡榮軒擔任X大藥業的董事長祕書，這下子江洋介不開心了，怎麼到頭來讓那小子撈到好處（傳說X大藥業的油水很足）？

"洋介啊！我該找個接班人了。"

143

聽白教授這麼一說，江洋介立刻釋懷，
原來自己正是那個接班人，蔡榮軒不過
是被白教授以冠冕堂皇的理由給踢出學
術圈。

十幾年後，江洋介終於坐上白教授的位
置，底下同樣有兩個表現傑出的博士生
。他想了想，把最聽話且肯24小時待命
的那一個留下來當接班人，至於女婿人
選……塞進Y大藥業正好，事少錢多，女
兒不用守活寡。

（566）

P是謹慎國的網絡警察，他的工作是淨化網絡，但凡有違社會善良風俗、影響國家形象的言論皆會被屏蔽，嚴重的話還會關閉平臺、追究個人的法律刑責。

這一天，有人投訴作家K的作品盡寫國家的黑暗面，是不愛國的表現，應該全面下架其作品……

P還來不及回覆，又有人投訴作家J盡寫上不了檯面的性事，是不入流的表現，應該全面下架其作品……

從文學的角度看，K和J都是百年難遇的傑出作家，在國際上享有很高的聲譽，但從社會穩定的角度看，的確是兩枚炸彈。

考慮再三，P決定下禮拜封殺，他好勻出時間在網上下單。

（567）

楊久妹生了五個孩子，由於家裡窮，她決定用最土且無可奈何的方式來養育，那就是不讓他們接觸外人（沒有比較就不會受傷害，也就更能接受自己的宿命）。

然而她的計劃還是被破壞了，因為村幹部說每個孩子都有受教育的權利與義務。

既然是國家政策，楊久妹只得同意，結果上了學的孩子全變壞了，譬如拒絕吃過期食品、上完廁所馬上沖水等，完全沒考慮到家裡的經濟條件差且用水困難。

這下子楊久妹氣炸了，堅決不再讓孩子上學，沒想到卻得到村幹部的理解和同意，頗出人意料。

幾年過後，楊久妹一家的宅基地和稻田被徵收，只得搬到更偏遠的地方，不僅房子變小了，土壤還貧瘠，倒是村幹部在鎮上買了房，還開上一輛豐田，以他的薪水，不吃不喝也得四十年才能辦到。

（註：文盲的代價。）

（568）

“崔先生，咱們長話短說，能加班不？”HR問。

“如果必須的話，我儘量配合。”

“實話告訴你，設計這個東西沒什麼準繩，買家說好就是好，說不好就得改，這一改，大半夜就去掉了。”

“加班有加班費嗎？”

“沒有，不過年末有分紅。”

“會寫進合同裡嗎？”

“不會，但你放心，這麼大一家公司不會說話不算數。”

“既然這樣，何不寫進合同裡？”

「這是行內潛規則，你不懂就落伍了，再說……」HR二次確認資料，「你已經38歲，這個年紀不太好找工作。」

崔先生沉默一會兒後，問：「什麼時候上班？」

「你回去等消息，最晚下禮拜給答覆。」

崔先生走後，第二位求職者登場。

「謝小姐，咱們長話短說，能加班不？」HR問。

「不能，除了工作，我還有其他事情要做。」

「妳在做兼職？」

「沒有。」

「那……」

「妳沒有朋友嗎？」謝小姐停頓了一下，「下班後總得和朋友交際應酬，就算不見朋友，也有很多事情可做，譬如打打遊戲或聽聽音樂。」

HR咳嗽兩聲後，說：「實話告訴妳，設計這個東西沒什麼準繩，買家說好就是好，說不好就得改，這一改，大半夜就去掉了。」

“加班有加班費嗎？”

“沒有，不過年末有分紅。”

“會寫進合同裡嗎？”

“不會，但妳放心，這麼大一家公司不會說話不算數。”

“既然這樣，何不寫進合同裡？”

“這是行內潛規則，妳不懂就落伍了，再說……”HR二次確認資料，“妳剛畢業，今年又是最難就業年，所以……”

謝小姐沒等HR說完，徑自宣佈今天的面試結束。

HR愣住了，好半天才緩過神來，問：“難道妳不怕找不到工作？”

“想讓年輕人委屈自己是不可能的，妳不懂就落伍了。”謝小姐答。

（569）

掛上電話，小泥的老公對她說：“現在是夜裡II點I4分，我們還要不要過日子？”

“夢秋的老公有外遇，她需要人傾聽。”

“已經連續兩個多禮拜了。”

“我知道，所以我在開導她，等她想通了，自然不會天天煲電話粥。”

自從夢秋的老公和一個女大學生搞在一起，她天天打電話向閨蜜哭訴，然而不管小泥怎麼支招都沒用，因為夢秋既不想離婚，也不想委屈求全，只想時光倒流，回到從前的歲月靜好，偏偏這是最不可能實現的，所以兩人才會一再“雞同鴨講”，而且一講就是三、四個小時，若不是小泥隔天還得上班，估計講電話的時間還會延長下去。

這一天，小泥來大姨媽，晚餐便隨便吃吃，結果一吃完，還沒來得及收拾碗筷，夢秋來電話了。由於談話內容大同小異，小泥有一搭沒一搭地應著，心裡想著是否該上廁所換個衛生巾，就在這時候，夢秋問：" ......是不是？"

" ......是。"

" 是？"

小泥想著完了，剛才問什麼來著？於是改口回答"不是"。

夢秋沉默一會兒後，問：" 我剛剛問什麼？"

" 問......問......妳知道的。"

然後電話那頭傳來掛機的聲音，小泥彷彿得到特赦般，立即衝進廁所解救弄髒的褲子。

接下來的幾天，夢秋不再打電話過來，小泥也樂得清閒，但時間一長，難免感覺不對勁，於是向共同的朋友旁敲側擊，這才得知夢秋不僅起訴離婚，同時索要大筆的贍養費，這下子她老公反而認慫，乖乖回歸家庭......

小泥一聽說喜訊，立馬打電話給閨蜜，結果發現自己被屏蔽了。

這個結局說意外也不意外，但的確像把利刃插入小泥的胸口，更慘的是她還無處哭訴（自己沒有仗義到底，現在說什麼都是錯的）。

（570）

基於對文學的熱愛，趙本虎創辦了神筆網，由於沒有廣告植入，很快便擁有一批死忠的創作者，每天文章的發佈量不下十幾萬篇，這引起某個資本團隊的注意。

"是這樣的，我方注資一千萬元，每年你能拿整體收益的10%，但不再插手運營。"團隊代表說。

趙本虎創辦神筆網的初衷不是為錢，所以拿分紅（尤其什麼事都不用做）對他來說沒那麼大的吸引力，真正讓他動搖的反倒是其他。

"你們打算如何運營？"趙本虎問。

"怎麼讓利益最大化就怎麼運營。"

"意思是作者也能有收入？"

"那是當然的，即使沒肉吃，起碼也能喝湯。"

銷售這一塊向來是趙本虎的心病，以致神筆網雖然表面風光，但談不上營利，作者自然也兩袖清風。

考慮再三，趙本虎決定退出，讓擅長運營的人上場，順便也讓作者有實現財務自由的可能。

自從換了當家之後，神筆網果然表現不俗，第一個月就坐收百萬。與此同時，作者們也發現了異常——原本乾淨的頁面被植入大大小小的廣告，更糟的是佔據閱讀排行版前十的文章不再正兒八經，光看書名就知道遊走法律邊緣，譬如《少女失足日記》、《處女初夜權》、《官人我要》......等等。

這個改變讓高風亮節的作者們紛紛打退堂鼓，只剩幾個想力挽狂瀾的人在苦撐著，說是"出汙泥而不染"也好，說是"涅而不緇"也罷，但都改變不了神筆網已成色文網的事實。

趙本虎看在眼裡，急在心裡，好好一個文學網站被糟蹋成這樣，他能無動於衷嗎？可是經營權已然交出，即使有心也無力扳回，反倒因為掛名，同時參與了分紅，趙本虎被推到風口浪尖，說是過街老鼠也不為過。

不久，有關部門下令神筆網做整改，這正中趙本虎的下懷，他心中竊喜。

然而既得利益者怎肯讓賺錢的機會溜走？當然繼續我行我素，其結果便是讓神筆網徹底玩完。

在賺走最後一桶金後，資本家把爛攤子丟還給趙本虎，等待他的除了人們的唾棄外，還包括兩年的刑期。

"呵呵……"趙本虎邊笑邊搖頭，"辦個文學網也能將自己送入大牢，我大概是全球第一人！"

（571）

填完問卷調查表後，小陳能感覺到房產中介Luke的臉色明顯不對。

"怎麼了？"他問。

"我們公司目前沒有這個價位的房源。"Luke答。

小陳彷彿得到特赦，這是逃離的好機會，可是……

"我知道中國人普遍有錢，"Luke很快開口，"你是不是擔心無法貸款，所以把預算壓低了？"

其實小陳跟"有錢人"完全沾不上邊，口袋裡的餘錢還是省吃儉用多年攢下的，

158

還有，他只想全款買個小戶型，不打算貸款，但解釋這些根本沒必要。

"是的。"小陳答。

"太好了，我手中剛好有一套精品別墅，拿你的預算當首付綽綽有餘，至於貸款……你不用擔心，我負責幫你搞定。"

小陳本來的想法是看看無妨，屆時再說自己沒看上不就結了？可是接待他的女士像仙女一樣美麗，小陳腦子一熱，糊里糊塗就簽下合同，莫名其妙背上30年的房貸。

回國後，他越想越不對，忍不住在網上吐槽。

"那個女的是不是Luke的妹妹，名字叫Luce？"西風瘦馬問。

"是的。"

"離開別墅後，Luce有沒有帶你進小樹林？"

Luce的確帶小陳進小樹林，可是西風瘦馬怎麼會這麼清楚？

還沒等小陳開口問，那人主動答："Luce 也帶我進小樹林，兄弟，原來我倆是鄰居呀！"

還沒等小陳開口問，那人主動答："Luce 也帶我進小樹林，兄弟，原來我倆是鄰居呀！"

（572）

W國和H國積怨已久，這次爭執的起因在於W國懷疑H國向兩國共有的河流投毒，導致位於下游的W國人民汞中毒。

H國當然矢口否認，但W國根本不採信，兩國隨即發生第23次大戰，規模超過從前……

時間回到第23次大戰發生前，W國的居民Sabella在喝下老公遞過來的水後身體開始抽搐，對照之前發生過的頭暈、頭痛、健忘、多夢、心悸等症狀，醫生判斷可能是汞中毒，汙染源待查，可是W國卻立即宣佈汙染源是與H國共有的河流，從而引發大戰。

"噓～"Sabella 的老公大鬆一口氣，"我還以為這次會牢底坐穿。"

（573）

身殘志堅的康平本來對求職信心滿滿，然而現實卻是殘酷的。

"平兒，工作有消息嗎？"他的父親問。

"沒有，也許……也許他們都在乎我是個殘疾人。"

"這是不可能的事，你再試試哈！"

結果大半年過去了，依舊沒有任何一家公司伸來橄欖枝，康平一天比一天消沉。

某天，他的父親興沖沖地告訴他："我們公司的會計部正在招人，你不妨試試。"

康平的父親在一家國企任職，由於待遇好，要求相對也高，這樣的公司會要一個殘疾人嗎？

雖然心有疑慮，但康平還是投了簡歷過去，沒多久就收到面試通知，再沒多久，他被錄取了，康平的高興自不在話下。

"平兒，進了公司之後，你得加倍努力，才不會落人口實。"他的父親說。

"放心，我一定會比別人努力十倍、百倍。"他答。

結果上班才兩天，康平便提出辭職。

"為什麼？"他的父親問，眼眶含淚。

"因……因為……因為我想考公務員，那個更適合我。"

後來康平發憤讀書，果然通過公務員考試，只是工作地點相對偏遠，薪水也一般，他卻甘之如飴，因為與其讓父親為自己"跪"求一份職業，他寧願要這個。

（574）

Mike落入凡間前，上帝曾應允他——極目所至皆為他的領土。

這個承諾一直被Mike牢牢記住，以致還在蹣跚學步時就爬上爬下，總讓他的母親膽顫心驚。

某天，十歲的Mike終於爬上家鄉最高峰，不禁喜形於色，心想再過不久，村民們都會對他俯首稱臣，結果山友的一句話讓他心頭一驚，原來家鄉以外還有更高的山，而且為數還不少。

這激起了Mike的好勝心，他不斷加強體能訓練，然後挑戰海內外各座叫得出名字的山，最後只剩一座。

“來吧！珠穆朗瑪峰。”Mike仰頭對世界第一高峰說。

歷經九死一生後，Mike終於爬上珠穆朗瑪峰，完成人生中最大的夢想，與此同時，他也做出讓人意外的決定。

“我以為你會從政，這是統領天下的第一步，怎麼反而做起環保？”有人問起。

他平靜地答：“當我登上小山時，極目所至還能看見大片的土地，等我越爬越高，看得見的土地越來越小，而當我爬上世界第一高峰時，除了被皚皚白雪覆蓋的山頭，什麼也看不到，最後我悟出一個道理，那就是視野越短淺者，執念越深，所以我決定跨越那個層級，往更高的維度修行。”

（575）

“**請**問手腕上的動脈是哪一條？”

覃九華發完帖子，只一會兒的工夫，帖子下方已經築起長城，有的說手腕上沒有動脈，要他別找了；有的告訴他人生沒有過不去的坎，過幾年再回頭看，這些根本不是事兒；有的讓他想想自己的父母，白髮人送黑髮人，情何以堪？而更多的是向他伸出友誼之手，甚至直接說出“我愛你”三個字。

幾天過後，覃九華又發帖子：“請問從高樓往下跳，怎樣能不砸到人？”

只一會兒的工夫，帖子下方已經築起長城（像前幾天一樣），只是這次有人發

167

現了不對勁——怎麼這個叫"寂寞午夜"的人又發出類似的求救信號？

此言一出，風向立刻變了，所有人開始網暴寂寞午夜，認為他消費了大家的同情心……

隔天清晨，清道夫發現鑫華大廈的樓底躺著一個人，左手腕的鮮血仍不斷地往外冒，這是有多絕望才會採取如此激烈（割腕兼跳樓）的自殺方式？

面對慘狀，清道夫立刻拿出手機報警，接線生問他："人還活著嗎？"

"我看看……"清道夫仔細查看一下，發現受傷的情況比想像中還糟糕，"應該是死了。"

掛上電話後，清道夫用手中的掃帚搗住那人的口鼻，直至再也無一絲氣息。

（註：清道夫認為在那種狀態下，死比不死好，他是做了善事。）

（576）

Kathy是羅納中學的校花兼啦啦隊長，每天排隊等著和她約會的人數不勝數；反之，Lea的存在感就很低，這與她不出眾的外表和安靜的個性有關。誰能想到差距如此之大的兩人卻因緣際會走在一起，只是畫面有點兒奇怪，像極了公主與侍女。

"明天早上我想吃Dunkin的甜甜圈和咖啡。"Kathy對Lea說。

"好咧！"

結果隔天Lea家附近的Dunkin因故沒營業，她愣是騎著單車到五公里外的另一家購買，導致錯失了第一堂課。

"謝啦！" Kathy答完，邊吃甜甜圈邊加入別人的談話，而Lea則捧著咖啡跟在身後，以防Kathy忽然口渴。

某天，Kathy毫無預警地失蹤了，這個消息在人口不多的羅納鎮炸開了鍋。

"妳最後一次看到Kathy是什麼時候？"警察問Kathy的小跟班。

"這個星期二的傍晚，當時Kathy說晚上要跟Ben約會。" Lea答。

於是警察詢問Ben，Ben矢口否認，同時給出不在場證明。

警察又回過頭來找Lea，這次的回答就沒那麼堅定了，她表示Kathy的男友很多，Ben相對沒那麼出色，所以臨時換人約會也是有可能的。

"妳怎麼評價Kathy?"警察改個方向問。

"漂亮、聰明、驕傲......眼中只有自己，別人都是一坨屎。"

這個回答有點兒出乎意料，但放在一個條件極好的女孩身上，好像也沒那麼奇怪。

警察把小鎮上的相關人員都詢問一遍後，馬上進行地毯式搜索，可惜轟轟烈烈地展開卻是徒勞無功地結束，轉眼間，五年過去了……

"Lea，看我買的什麼？"Ben把藏在身後的藍紋奶酪拿出來，"可貴了。"

"臭死了，"Lea一把將東西推開，"我不知道你喜歡吃這玩意兒。"

"本來我也不喜歡，是Kathy……"Ben忽然住嘴，"對不起。"

"沒事，我不和她計較。"

因為這個回答，Ben多看了自己老婆兩眼。

"怎麼了？"Lea問。

"沒什麼。"

Ben嘴裡答沒什麼，心裡卻很忐忑，因為Lea的"不計較"使用的是過去式，意思是她非常確定Kathy不會再出現，莫非……

懷疑的種子一旦種下，生根發芽是分分鐘的事，Ben憶起了那個傍晚，Kathy打電話約他晚上見面，可是很快又取消，給出的解釋是如果她跟他見面，"某人"就要徹夜失眠了。

這一天，Ben躺在床上輾轉反側。

“睡不著嗎？”他身旁的老婆問。

“嗯！”

於是Lea下床翻找，然後給了他一杯水和一粒安眠藥。

“我不知道妳有失眠的困擾。”Ben問。

“老毛病了。”

“是不是女孩子都容易失眠？”

“也不是，Kathy就從不失眠。不過不失眠的人反而容易對安眠藥做出反應，哪像我，有時吞了好幾粒也睡不著。”

“所以妳只給她一粒？”

“是的。”

話一答完，Lea石化了。

Ben深吸一口氣後，問：“為什麼？”

“因為……因為我愛你，打從很久很久以前就愛得無法自拔。”

“自從……妳還失眠嗎？”

“是的，不吃安眠藥無法睡覺。”

“如果……”

“不，我寧願死別也不要生離。”

後來Ben和Lea離開羅納鎮，走得那樣匆忙，以致屋內有很多東西都未帶走，倒是後花園整理得相當乾淨，新鋪了大面積的腐葉土，上面的花朵爭奇鬥豔，好不熱鬧。

（577）

好不容易利用公權力把最後幾戶拒絕拆遷的人家給"掃地出門"，公共建設（公園）終於得以進行。

對於這個難得的休閒去處，市民們無不翹首以待，然而三年過去了，原來的老房子還是沒拆完，難怪有市民會建議："何不投個炸彈將它夷平？"

這當然是玩笑話，市民只能耐心等待。結果等來等去，等來一紙通知，原來市政府決定將公園遷到郊區，那裡更大、景觀更好，還有一個自然形成的湖泊（不用動手挖人工湖）。

既然是市政府下的決定，自有其道理，市民們也不好說什麼。

某天，一批新工人進駐，短短一個禮拜就把所有的老房子全剷平。

"請問這塊地將做何用？"有市民攔下其中一名工人問。

"當然蓋商場囉！這地可貴了。"工人答。

（578）

史密斯家的比熊誤闖格林家的前院，結果被格林家的德牧犬給鎖喉，當場斃命。

比熊的主人當然不肯善罷甘休，一紙訴狀將格林夫婦告上法庭，索賠五萬美元。

法官在聽取雙方證詞後，判決敗訴，因為比熊闖入的是格林家的產業，後果自負。

史密斯夫婦不服，提出上訴，這次的法官是一名華裔，直到三十多歲才歸化入籍。

劉法官在聽取雙方證詞後，判決格林夫婦需承擔1/5的責任，賠償受害家庭一萬美元。

“為什麼？”格林夫婦的代表律師問。

“為了社會和諧。”劉法官答。

（579）

病　入膏肓的羅老先生在病房裡接見他那52歲的兒子。

"爸……爸……"羅福至邊喊邊撲向自己的父親。

眾人忙將他拉開，免得加速羅老先生的死亡。

"別……別……"羅老先生舉手制止，"讓我跟福至講講話。"

獲得自由的羅福至來到父親跟前，說："老……老師告訴我，你……你要到很遠的地方，有多遠？"

"很遠……很遠。"

"我可不……可不可以跟你一起去？"

「不行，不過我答應你，以後我們一定會再見面。」

滿足生前見兒子最後一面的心願後，羅老先生平靜地闔上雙眼離開人世，而那個智障兒卻絲毫未察覺到，依舊笑得燦爛……

雖然結束了紛紛擾擾的一生，但不表示羅老先生心無遺憾（其中最大的遺憾就是沒能給兒子一個正常的腦子）。

「你即將進入輪迴，請做好準備。」上帝對他說。

「等等，我有個請求，能不能……能不能讓我回到兒子出生前？」

「你想改變歷史？這未必是好事。」

「求祢了，拜託！」

上帝最終應允他，羅家果然迎來一名健康男嬰（未雨綢繆做了剖腹產手術，避免了臍帶繞頸的風險），兩夫妻笑得合不攏嘴。

時間來到52年後，病入膏肓的羅老先生在病房裡接見他那52歲的兒子。

「爸，」羅福至把一紙遺書遞過去，「律師在這，你趕緊簽名！」

“你母親還在，總不能讓她連個擋風遮雨的住所都沒有吧？！”

“幹！賭場老闆就要砍死你兒子了，你還唧唧歪歪？我可警告你，一旦我死了，代表羅家絕後，到時候你會被陰間的歷代祖宗罵了個狗血淋頭，所以還是爽快點吧！”

滿足兒子向自己提出的最後一個心願後，羅老先生無奈地闔上雙眼離開人世，而那個健康兒卻絲毫未察覺到，依舊數落個沒完……

（580）

當馬克坐在面湖的石椅上大啖美食時，一個孩子走過來，眼巴巴地盯著他瞧。

"看什麼看？沒看過有錢人吃漢堡嗎？滾！"

趕走小叫化子後，馬克囫圇吞下漢堡和可樂，然後快速趕回公司打卡……

轉眼三年過去了，這三年發生了很多事，包括馬克被公司辭退、老婆跑了、房子被房東收回……等。由於沒有固定的住所，馬克連失業救濟金也領不到，加上逢上百年難遇的經濟大蕭條，人浮於事，他暫時只能以乞討為生。

這一天，馬克終於攢夠5英鎊，他高興地直奔漢堡店。點餐人員告訴他只要再加1英鎊就能多得一個漢堡和一杯可樂，可是馬克把全身上下所有的口袋都翻遍了也沒有多餘的銅板。

這一幕恰好被一名婦人看到，她直接把1英鎊放在櫃檯上，轉身就走。

"謝謝！"馬克喊著。

婦人揮揮手，頭也不回。

成功拿到兩個漢堡和兩杯可樂，馬克興奮得像中了頭彩。

當他坐在面湖的石椅上大啖美食時，一個孩子走過來，眼巴巴地盯著他瞧。

馬克嘴裡咬著漢堡，目光卻飄向另一邊，試著去忽視那雙渴望的眼睛，可是越吃心裡越不是滋味。

"你想吃嗎？"馬克終於開口。

那孩子點點頭。

於是馬克給了他另一個完好的漢堡，孩子大口大口地吃起來，他索性把另一杯沒喝過的可樂也遞過去。

看著孩子滿足的笑容，馬克好像明白了一些道理，至於是什麼，他也說不上來

，反正現在的他終於能安心地享用一天
當中唯一的一餐。

(581)

說起廖偉菏，家裡老的老，小的小，妻子還生著病，他是全家唯一的勞動力和經濟來源，偏偏裝修工的收入很不穩定，淡季時連飯都吃不上，這樣的人家才是政府應該照顧的首要對象，不是嗎？可是他們一家硬是排隊兩、三年也住不上廉租房。

像廖偉菏這樣的家庭並不是特例，同樣沒享受到政府德政的還有很多，於是有專家建議將廉租房內的廁所拆了（排糞管也封了，以防租戶私自設馬桶），另蓋公共廁所。

"什麼狗屁建議？窮人就不配擁有獨立廁所嗎？這是赤裸裸的歧視！"廉租房的租戶們紛紛抗議。

可是政府最終還是採納專家的建議。

當廁所一個個被拆除時，但凡有點兒經
濟條件的租戶皆相繼搬離，這下子廖偉
荷一家終於排上號了。

（582）

尹夢潔在商場裡看到一張白色桌布，上面有一圈淡粉色的小碎花，一下子就觸碰到她的少女心，沒多加猶豫便買下了。

回家後，尹夢潔立即把婆婆買的鹹菜色桌布換下，整個房子的氛圍瞬間變夢幻了。

"咦！桌布怎麼不一樣？"下班回來後的老公問。

"我買的，怎樣，好看吧？！"

她老公答挺好的，但一聽說這張桌布要價500元時，臉上浮現怪怪的表情。

等尹夢潔把最後一道菜端上桌，剛串完門子的公婆正巧進屋。

"咦！桌布怎麼不一樣？"尹夢潔的婆婆問。

"我買的，怎樣，好看吧？！"

"還行，"她的婆婆摸一摸新桌布，"原來的桌布呢？"

"扔了。"

"扔了？"她婆婆揚起聲，"那桌布好好的，怎麼就扔了？妳呦！太不會過日子。"

後來還是她公公當和事佬，矛盾才沒有進一步擴大，一家人總算坐下來吃飯。

正吃著呢！公公隨口一問："這桌布多少錢買的？"

尹夢潔的老公來不及阻止，她已經先一步公佈答案。

"五百？咋這麼貴？"她的公公問。

"一分錢一分貨，這布是進口的。"尹夢潔答。

"哼！反正花的是咱兒子的錢，她一點兒也不心疼。"她的婆婆捅來一刀。

擁有新桌布的欣喜立即蕩然無存，尹夢潔正想著該如何反擊，六歲兒子的一個舉動讓在場的四個大人全屏住呼吸，還好尹夢潔的老公眼明手快，及時把湯碗扶正，沒讓裡面的湯汁灑出來。

"什麼顏色不好買，偏偏買白色，這湯湯水水的，染色後還能看嗎？白浪費那500元！"她的婆婆捅來第二刀。

這次尹夢潔沒忍住，明來暗去地諷刺這個家像難民營，吃的、喝的、用的全是便宜貨。還有還有，她是為了照顧小寶才辭職，不代表她沒有謀生能力，如果不是家裡養著閒人還拒絕照顧自己的親孫子，她大可出去賺白花花的銀子……

爭吵最終在兩個男人各自拉開自己的老婆結束。

隔天一早，尹夢潔的婆婆主動包辦早餐，她也就順勢讚美荷包蛋煎得漂亮，一家人又和好如初，只是從此吃飯不再成為一種享受，每個人都小心翼翼，生怕一個不留意，把白桌布染成大五花，讓500元打了水漂。

然而再怎麼如履薄冰，一顆油汪汪的獅子頭還是粉碎了他們的念想。只見尹夢潔動作迅速地將獅子頭撿起，她婆婆則衝進廚房拿抹布，嘴裡唸叨著：" 阿彌陀佛！"

誰能想到神奇的一幕隨後發生了——桌布上的深褐色印子被抹布一抹，立即乾乾淨淨。

" 呵！這進口的就是不一樣。" 她的婆婆說。

" 難怪賣5○○元。" 她的公公說。

" 小潔真會買東西！" 她的老公說。

不知為什麼，尹夢潔一下子破防了，眼淚嘩嘩嘩地往外流，像個受盡委屈的孩子……

（583）

Tik 意外死亡，他的父母忍著巨大的悲痛辦理喪事。辦完喪事後的某天，Tik的父母拿著死亡證明和其他材料到銀行取錢，銀行經理表示需要三天的時間核實，可是三天過後卻傳來賬戶裡只有兩千多元的消息。

"不可能！我的孩子每個月的工資不少，加上用錢小心，不可能只存這麼點兒錢。"Tik的母親首先不同意。

"很抱歉！這就是實情。"經理露出無奈的表情，"再說，現在的孩子未必每件事都會跟父母說，也許他有其他開銷，只是你們不知道而已。"

Tik的父親要求看兒子的銀行賬戶明細，經理老神在在地答沒問題。

看過明細後，Tik的母親老淚縱橫，沒想到自己的兒子是月光族，她原以為他是個很自制的人。

幾天後，一個自稱是Tik同事的人打來安慰電話，同時告知喪葬費和同事們自發給的慰問金都已經匯入Tik的賬戶內，請查收。

" 這錢是何時匯的？"Tik的父親問。

" 上個月28號匯的，我這邊顯示兩天後，即30號就已到賬。"

Tik的父親立刻拿出銀行明細，發現並沒有這筆款項，接著又問："公司都是何時發薪水？"

" 一般是26號，逢週末則順延一至兩天。"對方答。

Tik的父親再次對照明細，果然發現可疑之處，隔日便上銀行問個明白。

" 對不起，搞錯了，實在抱歉！"銀行經理陪著笑臉說。

後來Tik的父親把此事發表在網上，有網友憂心忡忡地表示自己的母親剛去世，不知銀行會不會故技重施？

"你若知道母親的銀行卡密碼，我建議你每天上取款機取錢，直到取完為止。"Tik的父親答。

（584）

Siena在某國財政部做福利金的發放審核工作，由於錢款來自稅收（是每個納稅人的血汗錢），她得做好把關，不能讓社會蛀蟲得逞。拿她手中的這份申請表為例，該申請人已經領取半年的失業救濟金還想繼續啃國家福利，這哪成？於是她果斷蓋上"拒絕"的印章，這下子Bret會被要求每天到就業中心尋職，甚至直接被安排工作（譬如掃大街、收垃圾、打掃公廁......等），反正不會再有天上掉餡餅的好事。

這一天，Siena的主管對她說：" 給皇室的補貼預算已經下來，妳審核一下。"

" 好咧！"

Siena是超級皇室粉絲，她以能夠為皇室成員發放生活費和公關費為榮。由於錢款來自稅收（是每個納稅人的血汗錢），她得做好把關，不能委屈了這些藍血人，畢竟他們是國家的門面，用錢的地方可多了去……

從前有一座森林發生傳染病，森林之王下令把所有病人連同親密接觸者全放進一個巨大的牢籠裡，每天發放食物和飲用水。

"搞什麼？"豪豬嚷起來，"我是健康的，憑什麼關我？"

"你昨天和狐狸講過話，如今他確診了，你極可能攜帶病毒，所以……"

"極可能？意思是你也不確定，萬一我沒病怎麼辦？這一關，沒病也會染上病。"

"別擔心，這病不服藥也會痊癒。"

"那還關什麼？"

"森林之王想藉機探一探權力的極限，這沒什麼大不了的，你忍一忍就過去了。"

豪豬嘟囔幾句，最後還是進了牢籠，因為他曾看過反抗者的下場（傻瓜才會往槍口上撞）。

結果這一關就是兩個月。

到了解封這一天，動物們魚貫而出，當看到站在牢籠外的森林之王時，無不跪下來磕頭謝恩，那場面說有多感人就有多感人！

（586）

由於人口急劇下降，各國紛紛禁止墮胎。茲事體大，凱薩琳毫不猶豫就跟著上街遊行，目的是讓政府收回成命。

就這麼鬧騰了數日，某天，凱薩琳眼前一黑，昏了過去，再醒來時，醫生對她說：「很遺憾，妳的孩子沒保住。」

凱薩琳聽完後悲喜交織，喜的是終於解決一個大麻煩，悲的是以後還得以這種“壯烈”的方式解決。

「其實……」醫生躊躇了一下，「妳不是唯一一個在此次遊行活動中失去孩子的人。」

“什麼意思？”

“不久前又送來兩個，她們也沒保住孩子。”他答。

“什麼意思？”

“不久前又送來兩個，她們也沒保住孩子。”他答。

（587）

以前仗著姿色，佟玲完全不愁會有山窮水盡的時候，可是近兩年來找她的人越來越少，這提醒她再怎麼嘴硬也改變不了現實——她已經年老色衰了。

思前想後，佟玲決定懷一個孩子，讓這個孩子替她養老送終。

"養孩子不像養寵物，妳可想好了。"她的姐妹尤春喜提醒她。

"我知道養孩子不容易，但與其年老時孤獨，甚至死了也無人知曉，我寧願現在辛苦點兒。"佟玲答。

既然下了決定，現在就只剩擇人問題了。佟玲把四周圍的男人都過濾了一遍，發現他們老的老，醜的醜，而且一點兒文化也沒有，根本沒資格當她孩子的爹。

當她把這個殘酷的事實告訴尤春喜時，後者敲敲她的腦袋瓜，說：“妳傻啊！誰讓妳在恩客中找？當然得找個正經男人。”

佟玲問哪裡有正經男人？尤春喜想了想，回答鎮上有個修鞋的，看起來像個文化人，不妨試試。

“妳指那個四眼仔？”佟玲接著問。

“正是。”

佟玲見過那個男的，話不多，看起來斯斯文文的，的確很像個正經男人。

選定目標後，接下來便是行動。都說“女追男隔層紗”，沒多久佟玲便懷上了。

“我去擺攤了。”四眼仔說。

“好，”佟玲放下手中的針線活兒，“早點兒回來，晚上我煮油潑麵給你吃。”

本來佟玲只想要個孩子，結果意外多了個伴侶，這麼一琢磨，老天爺待她還是不錯的。

（588）

諾瓦從小就對王室充滿遐想，這得從他的奶奶談起，因為她總喊他諾瓦王子或薩克斯公爵（他們居住在薩克斯郡），而推波助瀾之手則來自他的小學老師，這位胖嘟嘟的女老師說諾瓦有一雙松石綠的瞳孔，像王室成員一樣。

"像王室成員一樣"這句話從此牢牢刻在諾瓦的腦海裡，他幻想自己是流入民間的王子，最後終會回歸，然後拯救整個王室家族……

"諾瓦，你怎麼又不整理房間？亂糟糟的，成什麼樣？"他的母親頗為生氣地說。

「王子何需親自動手整理？自有傭人代勞。」諾瓦漫不經心地答。

「什麼王子呦！你爸和你媽都是勞動人民。」

「我指的是我的親生父母，他們可不是勞動人民。」

他的母親聽完後大驚失色，忙問：「是誰告訴你的？」

諾瓦不過是隨口一答，沒想到還因此捅出一個驚天大祕密，他自然央求母親將真相一五一十道來，不能有任何隱瞞。

自從知道自己「可能」是個王子後，諾瓦恨不得馬上離開這個鬼地方，直奔王宮，可惜這個行動直到二十多年後才付諸實施，原因很現實——王儲（也就是他認定的生父）風評不佳，萬一過早爆料，導致父親無法登基，豈不斷了自己的大好前程？所以諾瓦做小伏低、忍辱負重，直到王儲真的成為一國之君，他才站出來說出真相，並且呼籲「父王」及早與他做親子鑑定，好讓他回歸家族。

新國王位子還沒坐熱就攤上這等麻煩事，搞得他一個頭兩個大。同樣夜不能眠的還包括王后，如果諾瓦真的是王室成員，那麼她當上王太后的美夢就要幻滅了（諾瓦的年紀比目前的王儲大上6歲，根據王室規定，除非殘疾，否則王位一律傳給大王子）。

毫無疑問，王室因此陷入動盪不安的局面，可是諾瓦卻絲毫沒有危機感，依舊高調地張顯著自己的不凡身份。幾個月後，一場車禍忽至，諾瓦失去了一條腿。

"我的當事人願意賠償您一億元，但您得答應永遠不離開薩克斯郡。"肇事者的代表律師說。

"賠償我本來就是應該的，憑什麼限制我的活動範圍？"諾瓦憤怒地答。

談判不歡而散。

兩天後，拄著枴杖出門的諾瓦再次出車禍，這次另一條腿也沒了。

經過深思熟慮，諾瓦接受兩位肇事者的經濟賠償，同時答應此生不走出薩克斯郡，不過有個條件……

十幾年後，諾瓦意外故去，屍首長眠在薩克斯郡的某個墓園中，墓碑上寫著：薩克斯公爵之墓。

. . . .

P.S. 當今國王依舊搞不清楚是否曾寵幸了諾瓦的母親，畢竟當年被他蹂躪過的少女不在少數……

這一天，汪醫生給一名濕疹患者開藥，病人弱弱地問："我聽說A藥有效，能不能……"

"不能，"汪醫生果斷拒絕，"你別聽信謠言。"

病人後來乖乖繳費去。

汪醫生此次開的藥合計240元，如果該病人複診後抱怨無效，他便另開他藥，但絕對不能是A藥，因為它太便宜，便宜的藥又怎會是好藥？

（註：這是表面理由，汪醫生實際在乎的是獲利空間。）

（590）

胡海勻和老婆平日捨不得吃、捨不得穿，兩人起早貪黑、胼手胝足，終於在往生之前還完房貸。

"兒啊！你媽走了，如今我也要隨她而去，這套房就歸你，也算是留給你的一個念想。"胡海勻氣若游絲地對兒子胡小兵說。

當日夜裡，這個勞苦大半輩子的男人因搶救無效，永遠閉上雙眼。沒想到他的兒子在替他做完頭七後，轉身便將房子賣了。

成功拿到房款的胡小兵立即投入股市，由於經驗不足加上操之過急，兩百多萬的房款如今已所剩無幾……

“這個敗家子！”在天上俯看人間的胡海勻氣得七竅生煙，“早知如此，我何苦委屈自己？”

“別氣了，上樑不正下樑歪，是誰把我那幾十畝地給賭沒了？”

胡海勻抬頭一看，立即沒了底氣，吞吞吐吐地答：“我以為自己能翻身，誰知對方出老千。再說了，那也不是塊好地，種啥啥沒有，倒不如賭把大的，興許能換來第一桶金，讓我從此走上人生的康莊大道。”

（591）

東興菜市場就要改建大商場，租戶們陸陸續續搬離，但許阿貴仍堅守著，理由倒很充份，那就是他的租約還剩大半年，沒理由趕他。

房東自知理虧，提出賠償他N+1的方案（剩下的租金不用再付，房東還原數倒貼，同時另加一個月的租金補償款）。

在旁人眼裡，這個條件極好，但在許阿貴的眼裡，這簡直侮辱人，因為房東什麼事都沒做就白得五百萬元的拆遷款，倘若年底前交出攤位還能多得一百萬元，許阿貴看中的正是那一百萬元的獎勵，怎麼說自己也該得一半（五十萬元）才是。

“你這樣就不厚道了，我是租給你，又不是賣給你，憑什麼獎勵你拿一半？”房東說。

“憑什麼？憑我的租約還沒到期，想趕我走就得付出代價。”他答。

許阿貴的租約明年三月才到期，如果等到那時候，一百萬元的獎勵算泡湯了，然而要房東拿出一半給租客，心裡又不甘。

思來想去，房東決定給許阿貴二十萬元，這已是他的底線。

孰知許阿貴根本不把二十萬元當一回事，揚言沒有五十萬元，什麼都別談！

幾天後，東興菜市場突發一場“可疑”的大火，燒得只剩框架。這下子負責拆除的單位省事了，可以原地蓋樓，可憐的是許阿貴，二十萬元一瞬間沒了，連跟房東協商也缺乏底氣，倘若還能得到 N+1 的賠償，算他走運！

（592）

早些時候，秦易首付210萬元買了一套700萬元的房子。一年後，房子小漲了一些，於是他通過貸款公司二貸出300萬元。拿著這些熱呼呼的錢，秦易跑到鄰近城市以同樣的方式買房，一來二去，他成了名下同時擁有十幾套房的"富豪"。

"人哪！格局得大，否則是賺不到錢的。"他得意洋洋地說，手裡有一疊以他為權利人的房產證。

幾年過後，經濟開始下行，導致房地產市場疲軟。這一疲軟就是好幾年，讓秦易大為頭疼，因為他靠的是吃差價，如果房子不能及時脫手，他很快就會被貸款利息給壓垮，果不其然……

“人哪！格局得大，否則早走上絕路！”
他無限感慨地說，手裡有一疊以他為失
信被執行人的判決書。

（593）

與林永輝交往一陣子後，小倩提出分手。

"離開妳，我不可能再交往其他女生。"林永輝頗為傷心地說。

哪知不到兩個禮拜的時間，這位前男友便和學妹手拉手走在校園內。

"他明明說過不會再交往其他女生。"小倩忍不住向閨蜜抱怨。

"妳是不是還愛著他？"閨蜜問。

"當然沒有。"

"那妳管他跟誰在一起？！"

"可……可是做人得講信用呀！"

後來全校都知道林永輝的承諾，並且人前人後地取笑他。學妹受不了這種壓力，主動說拜拜。

" 難道妳就不能和平分手？" 林永輝回頭找小倩問話。

" 不能，人總得對自己說過的話負責！" 她答。

後來林永輝在校期間一直形單影隻，反觀小倩也是，因為人總得對自己說過的話負責。

（註：男生都害怕成為第二個林永輝。）

（594）

嫁給邵夫後，陳鳳霞時不時要面對他無休止的桃花事件，若不是為了肚裡的孩子，她早一死百了。

好不容易熬到兒子成家，陳鳳霞心想終於能安享晚年，哪知兒媳婦一天到晚跟兒子吵，還在她面前一把鼻涕一把淚地哭訴。

"男人啊！只要還肯回家、還肯給家用，其他就睜一隻眼閉一隻眼吧！"她不帶一絲情感地答。

是的，自從兒子成年後，陳鳳霞在男女之事上變得相當寬容，也終於能體會到當年婆婆的冷血。

“哈！原來不止風流會遺傳，冷血也會遺傳。”她忍不住嘲諷。

215

（595）

與畢亮分手後，小婉匯過去一筆錢。

"妳什麼意思？" 畢亮問。

" 以前吃你的、喝你的、用你的，現在分手了，理應把錢退還給你。" 她答。

畢亮心想妳欠我的，豈能用74658元償還？於是又把錢匯回去，結果小婉又匯回來，就這麼來來回回，直到有一天，畢亮終於停止動作。

這一邊等不到匯款的小婉忍不住登門一探究竟，這才發現往日愛巢已經有了新的女主人。

“殺千刀的！”小婉把手裡的包砸向畢亮，“你睡了我又去睡別人，怎麼還好意思收我的錢？”

後來畢亮匯給小婉一筆錢，恰恰是當初所收錢數的雙倍。

小婉心想你欠我的，豈能用149316元償還？於是又把錢匯回去，結果畢亮又匯回來，就這麼來來回回，直到有一天，小婉終於停止動作……

（596）

長星製藥廠新推出一款治鼻炎的藥（鼻炎通片），沒想到誤打誤撞成了慢性皮膚病的剋星。

"看來得提高數倍的售價才行。"有高層提議。

"不好，當初定價太低，一下子提高太多恐引發爭議。"製藥廠的CEO眉頭緊鎖，"壞就壞在風聲已傳開，其他廠家紛紛向我廠抗議，這如何是好？"

據不完全統計，全國患有慢性皮膚病的患者超過一億人，由於是慢性的，時間往往可拉長數年甚至數十年，這是一筆龐大的財富。

218

“請問……”剛擠進管理層的小馬開口了，“鼻炎通片能同時治好皮膚病，這是好事，怎麼大家如喪考妣？”

此言一出，全場鴉雀無聲，還好他的上級主管機靈，及時把他拉到會議室外，才沒釀成大禍。

後來長星製藥廠以鼻炎通片的副作用太大為藉口，把已流通在外的藥品悉數收回並加以銷毀，另外推出鼻炎通片二代。

這款“改良版”新藥雖然沒有官方所謂的副作用，但貴了不止一星半點，與此同時，皮膚病患者也發現它缺乏療效，於是又走上“輪番換藥”的道路，這下子長星製藥廠和其他廠家總算是皆大歡喜了。

（597）

黃怡芳正在分享臺灣滷肉飯的作法，簡智旻一走進餐廳，在場男人的目光立刻轉移，話題也從"美食製作"變成了"氣候暖化給人類帶來的影響"。

"她就是這樣，做作得很。"廖美京在黃怡芳的耳邊低語。

這已不是第一次簡智旻被針對，幾乎所有的女生都恨她，但又奈何不了她，只能在背後咬耳朵，藉以發洩心中不滿。

"怡芳，最近好嗎？"簡智旻走過來跟她寒暄。

"馬馬虎虎，妳呢？"

“很好。”

“還在原來的公司？”

“嗯！”

“楊偉呢？”

“不知道，早分了。”

“單著？”

“沒，新交的這個與我隔著半個地球。”

“他在哪裡高就？”

“美國太空總署。”

“……噢！”

當大夥兒還在寄簡歷時，簡智旻就已在外企謀得一職，聽說薪水相當可觀，沒想到後來找的男友也如此傑出（甚至比連年拿獎學金的楊偉還優秀），黃怡芳立即失去與她交談的興致，隨便找了個藉口離開。

簡智旻繞了一圈，發現來參加大學同學會的女生似乎都不愛搭理她，於是又重回男人堆裡，這次的話題是美元走勢，而另一廂的女人則聊著某個男明星的緋聞，笑聲一撥接一撥，好不歡樂！

（598）

當看到那對土里土氣的鄉下人時，于娜還以為是男友家裡的幫傭。

"娜娜，這是我父母。"易中生介紹。

于娜的心喀噔了一下，但很快釋懷，不是說南部土豪非常低調，往往一件白背心、一雙人字拖就出門嗎？相形之下，易中生的父母穿的可要慎重許多。

"伯父伯母好，我是娜娜。"于娜畢恭畢敬地喊人。

可是等話閘子一打開，于娜才發現自己過於天真，眼前的男女不是四處收租的包租公和包租婆，而是實打實的勞動人民。

顧不得禮貌，于娜拂袖而去，從此生命中再也沒有一個叫"易中生"的人。

有了前車之鑑，于娜擇人首先看男方的家世背景，這個不過關，啥都別談，可是命運就是這麼奇怪，又給她送來一個騎自行車的小伙子——張啟源。

于娜本來不願搭理，但越想遠離就越被吸引，這個男人自帶貴族氣質，一舉手一投足，像極了名門之後。

"妳可想好了，我既沒房也沒車，微薄的薪水只夠養活我自己。"張啟源說。

"沒事，只要能和心愛的人在一起，就算粗茶淡飯也甘之如飴。"于娜說完，臉上洋溢著幸福的笑容。

後來認識于娜的人都說她有富貴命，連張氏家族這樣的大戶人家也能成功拿下，在在說明姻緣乃天註定。

老實說，如果不是偶然間得知那輛看起來極為普通的自行車售價高達38萬元，于娜也會相信姻緣都是註定好了的。

（599）

寒窗苦讀十餘載，董劍飛終於考中進士，正要在仕途上大展拳腳時，父親的死訊傳來，他不得不辦理留職停薪，趕著回去守孝三年。

由於曾有官員在守孝期間作樂而被罷官，董劍飛不敢怠慢，匆忙在父親的墓地旁蓋了個簡陋的棚子，每天披麻戴孝、粗茶淡飯，沒多久便面容憔悴、形銷骨立，讓人為之動容。

好不容易守孝完畢，他馬不停蹄地回京復職，此時才發現當年的競爭者都已經升官（有的甚至官拜三品），這讓董劍飛頗為心急，還好在他的不懈努力下，仕途漸漸開闊起來，眼看就要大展鴻圖時，母親的死訊傳來。

“天哪！殺了我吧！”董劍飛呼天喊地，
甚至差點兒昏厥過去。

在場者無不稱讚他是一名大孝子！

（６００）

有一天，鴨媽媽帶著七隻鴨寶寶過馬路，所有的車子都停下來讓這支浩浩蕩蕩的隊伍通行，然而就在鴨寶寶依序跳上人行道時出了點兒差錯。

"加油！小五，你一定辦得到。"鴨媽媽向它喊話。

小五試了又試，依舊跳不上去，於是鴨媽媽假裝離開，目的是向小五施壓（從而發揮它的潛能），結果旁觀的車主Tim看不下去，他下車助小五一臂之力，然後心滿意足地回到車上。

"搞什麼？"鴨媽媽憤怒地嘎嘎兩聲，"沒看到我在教育孩子嗎？"

作者介紹

在異國的背景下加入纏綿悱惻的愛情故事是B杜小說的一大特點，她的文筆清新、筆觸詼諧、畫面感很強，讀完小說有種看完一部愛情偶像劇的感覺，特別適合懷春少女及對愛情有憧憬的女性閱讀。

另外，B杜還創作了系列小說（馬力歷險記、極短篇故事集、巫覡店等），歡迎關注。

ALSO BY B杜

《B杜极短篇故事集 (501～600)》（简体字版）A Word to the Wise (Tales 501～600 in simplified Chinese characters)

* * *

《法蘭西情人》Love in France

《東瀛之愛》Love in Japan

《新西蘭之戀》Love in New Zealand

《英倫玫瑰》Love in England

《愛在暹羅》Love in Thailand

《情定布拉格》Love in Prague

《獅城情緣》Love in Singapore

《愛上比佛利》Love in Beverly Hills

《夢回楓葉國》Love in Canada

《早安，歐巴》Love in Korea

《我在蘇黎世等風也等你》Love in Switzerland

《迪拜公主的秘密情人》 Love in Dubai

《馬力歷險記 1 之地球軸心》 The Adventures of Ma Li (1) : The Time Axis

《馬力歷險記 2 之黃金國》 The Adventures of Ma Li (2) : Eldorado

《馬力歷險記 3 之可可島寶藏》 The Adventures of Ma Li (3) : The Treasure of Cocos Island

《B杜極短篇故事集 (1 ～ 100)》 A Word to the Wise (Tales 1～100)

《B杜極短篇故事集 (101～200)》 A Word
to the Wise (Tales 101～200)

《B杜極短篇故事集 (201～300)》 A Word
to the Wise (Tales 201～300)

《B杜極短篇故事集 (301～400)》 A Word
to the Wise (Tales 301～400)

《B杜極短篇故事集 (401～500)》 A Word
to the Wise (Tales 401～500)

《巫覡咖啡館之梧桐路篇》 The Witch &
Warlock Café on Wutong Road